# 佐藤信弘秀歌評唱

NAKAMURA Kouichi

中村幸一

北冬舎

佐藤信弘秀歌評唱◎目次



装丁＝大原信泉

# 佐藤信弘秀歌評唱

# 第一歌集　具体《ぐたい》

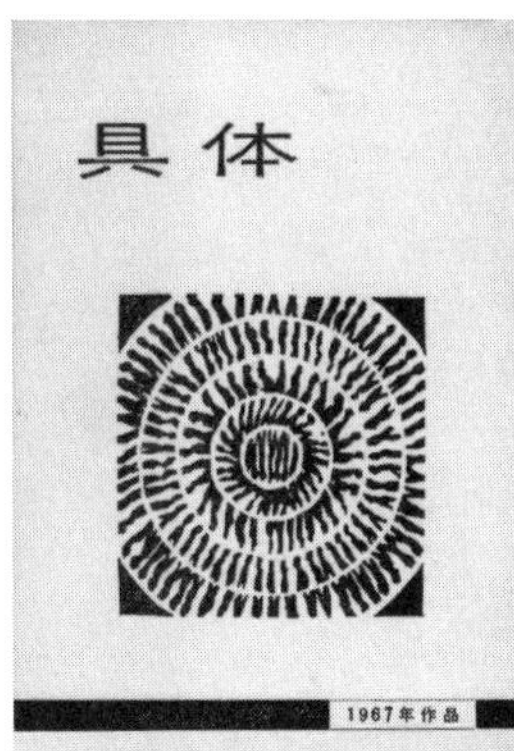


版画＝片瀬和寛
昭和 43 年 1 月、短歌新聞社刊
A 5 判並製 78 頁・500 円

## 芯が吐いた糸たちくるくるまとわりつきてっぺんに至る筒を列《なら》べる

第一歌集『具体』のおもしろいところは、書名とは裏腹に、歌は普通の意味の具体性を持っておらず、具体的に何を歌っているのか、明らかにしない歌で占められていることである。本歌は歌集の第一首目であるが、詞書も、連作のタイトルもないので、全体を統括する枠組みも形成されず、むしろ抽象的な歌に属するだろう。ただし、まったく何だかわからない普通の抽象歌とも違う。絵画で言うと、半具象という感じがする――何となく製糸工場や紡績工場のようなものが浮かんでくるからである。

本歌は、岡本太郎の「重工業」（一九四九年）という作品を想起させる雰囲気をも持っている。しかし、それは仄めかし、暗示にとどまり、歌集全体を通して、あとは読者に任されている。歌の背景には何か具体的個物があるにちがいないのだが、それを明示せずに、靄のかかったような描写をする。しかも、「吐いた」「まとわりつき」「列べる」と、非常に人間らしい、というよりも、人間にしか使えない動詞が用いられている――形式と内容にずれがあるのだ。このずれは岡本太郎が常々言っていたように、芸術の本質である。この一首をもって、芸術だ、ということには無理があるだろうが、『具体』一冊をもってすれば、言語芸術という呼称は使えるであろう。

人間の生み出すものである以上、徹頭徹尾、抽象ということはあり得ない。抽象絵画でも、画家の胸の奥には何か具体的な経験や感情があっただろう。結局、芸術は良質であろうとすれば、抽象性、普遍性というものがなくてはならない。どんなに具象性の強い絵画でも、究極的には抽象である。現実の個物どおりということは物理的にあり得ない――われわれの粗い認識のレヴェルより、さらに劣る描写しかできないのだ。抽象・具象は、作品以前に、作者の態度の違いで決まっている。

写真の登場とともに、絵画も変革を迫られ、その役割を変えた。単なる写実ではカメラにかなわない。しかし、絵画は手作りのカラー写真だといって、逆説を貫徹したのがサルバドール・ダリであった。たぶん作者はダリが嫌いだろう――この一首は、抽象に賭けた歌集のマニフェストであると言うことができる。

## このあたり重み均等にうすくなり平つたい風動きあり

「均等」という漢語、「うすく」という仮名の、形式上、そして音の聴覚的な対比が顕著である。「風動き」にも遠く広がるドラマ性がある。「このあたり」はどのあたりなのか、読者にはまったくわからない。情報が与えられていないのである。かつて、こういう手法のフランス小説が話題になった頃があったそうだが、そういう流れの延長だろう。いきなり「ジャンヌは」と出てきて、あとから情報が補われてゆくのである。

文学史を見る時、世界のどこでも、たいてい最初に出てくるのは叙事詩である――冒険、神話、人間らしい神々の武勲――。そうして抒情詩、演劇、最後に小説が出てくる。どの分野にしても形式、約束事がある――フランス古典劇では舞台に死体を出してはいけなかった。一方、海峡を隔てたイングランドでは、死体がごろごろのシェイクスピアである――『ハムレット』の最後の場面では床に何人死んでいるだろうか――。

「このあたり」は、そういう意表をついた実験劇のようなものである。ただ、連作として成立しているので、こうして一首を独立させてみると、文脈が異なってくる。この歌だけを読むと、街の風景のように考える読者がいるにちがいない。そういう読みを作者が許容するかどうかは難しい点だが、『具体』一冊を読むかぎり、具体的な個物はいっさい出てこないので、紡績工場だと推測するのも、空想上の惑星内部の写実だと考えるのも、程度の差だろう。おそらく、人間界、否、宇宙の、あらゆる場面に成立する、万物に共通するような流れ、メカニズム、動き、といったものを摑み取ろうという野心があったのではないか。抽象絵画、いや科学的な態度と言ってもよい。

そして、そういう歌すべてをまとめて『具体』と言い放って、枠をはめたところで、内的な力が生まれた、と言うことができる。歌集のタイトルが、内容を一変させることもあるという事実は、いくら強調しても強調しきれないぐらいである。仮にこの歌集名が『抽象』であったら、「なるほど、抽象だな」と思い、パラパラ読んだだけで終わってしまうだろう。もちろん、ただ制作順に並べた歌集なら、タイトルによる内的充実、化学変化は期待できない。本歌集のような、編集、配列の努力が大前提であろう。

# 線分長短いっしょにならんで時を送る　それぞれはもう成長しない

　この歌の直前には、「ずるずるとかさかさ　きーんとわけられているあちらがわは　とおい」と、すべて平仮名表記の歌があって、画数の多い漢字のある本歌と対照の美を作り上げている――かな書道における濃淡、潤渇のような効果があるだろう。そして、本歌は歌集第十一頁の最終歌なので、あとは空白が余韻を持つ。当然、頁をめくった瞬間に前の歌の視覚的印象は消えてしまう。聴覚的印象はどうであろうか。そして、内容的印象は――。

　歌集という枠組みに置いた場合と、そうでない発表の仕方で、歌の受容のされ方が変わってくることに、この歌は思いを至らせる。それは作者の意図になかったことかもしれないが、至らせることは事実である。一首を文脈から切り離して論じることが、誤解や誤謬を生むことがあるので、その場合には、前後、そしてもっと前からの雰囲気、流れによく注意しなくてはならないだろう。

（ちなみに、本歌の次は、頁をめくった冒頭歌「繋ぎとめられ　はじき出され　ひっかけられて甲高くふるえるもの　あり」である――本歌とはかかわりがありそうでもあり、悩ましいところである）。

　そういった視点で見ると、この歌集の配列が、安易な、制作順ということはないだろう。いろいろと入れ替えたりするなど、構成にエネルギーを注いだのではないだろうか。語彙的にも、本歌は「線分」という、非日常的な語が初句にある。本来は数学用語だから、われわれは使わない。そのインパクトがある上に、述語は「ならんで……送る」なので、強烈な違和感を生み出す。戦後一時期のアヴァンギャルド絵画のようである。

「もう成長しない」という結句も、じつに厳しく、冷徹だ。主語は、やはり「線分」で、有生物ではないが、こちらの感情は動いてしまう。作者の狙いもおそらくそこにあるはずである。そして、「成長しない」のは、気の毒だなと思った直後、それは得体の知れない「線分」のことだとふたたび気づいて、すこし裏切られたような気になるだろう。

「抽象」に、われわれの感情が直接動くことはない。必ず、何らかの具体物へ、鑑賞者は「還元」して理解しているはずである。じつは、「言語」も、それ自体は抽象なのであるが——。

## 線たどる線分岐してまたねじれ浅い天を掘るねじりのかまえ

毎回書いていることだが、本歌集は一首だけ抜き出すと、具合が悪いような気がする。ちなみに次の歌は、

ごわっと沸きふっきれた螺旋たち　おはなししたいなあ　とか

で、こちらのほうが歌としてはおもしろいかもしれない。もちろん、眼目は「おはなししたいなあ」である。このファンタジー風のやさしい台詞は、ギリシャ修辞学で言えば、「螺旋」の擬人法 prosopopoeia である。「ふっきれ」るも、煮詰まっていた人の精神状態について言うことばだろう。すると、掲出歌の「ねじりのかまえ」も、

フェンシングなどの競技者のように擬人化されているととれる。ただ、「ねじりの」が抽象的でわかりにくい。

もしかすると、本歌集は、ぎりぎりの最大公約数的な表現により、読者が一人ひとり、異なる映像を思い浮かべるように作られているのかもしれない。人によって、蛾に見えたり、顔に見えたりする、例のロールシャッハ試験のようなものである。普通は、作者の描くただ一つの像へと、唯一の解答を求めるかのように、読者が向かう方向は一つである。本歌集はまったく逆であり、作者は、インド哲学流に言うと、我執 ahaṃkāra を遠離して、自我を消したのではないか。

一人称の文学と称される短歌において、これほど反短歌的な実験はない。著者も「あとがき」で、「試み」と明記しているので、実験と言ってよいであろう。それがかえって多くの人の心に、空気のように拡散してゆく、とまで考えたかどうか定かではないが、読者が好きなように考えられることは確かだろう。

作者は生家が真言密教の寺であり、いわゆる仏飯を食んでいた。仏教哲学、インド哲学に精通し、単なる知識だけでなく、事相にも詳しかったから、我執を離れるという解釈をしても、あながち荒唐無稽ではないだろう。

## 串ざしだ　第一の球かがやき　第二の球かがやき　かがやかぬ球体多し

初句にインパクトがある。しかも、強い断定「だ」である。おだやかでやさしい口調の多い本歌集では、稀れな語句であるだけに、きわめて強い印象を残す。読む人によって、「串刺し」の喚起するイメージは、団子、鶏、中世ヨーロッパの地獄絵図、など、異なるだろうが、やはり、現代芸術にあるような、何となく、抽象的に、球体をつないだモビールとかになるのではないだろうか。

毎回書いているようだが、まことに、歌集名『具体』は罪作りというか、意識から離れないというか、抽象きわまりない一首一首にまとわりついて、いちいち規定してくる粘着性がある。

本歌は、十五頁の第一首だが、「かがやかぬ」など、否定的な語が多い――。

**落ちて来た球体がぶつかる線のたわみあともどりしない　何度も落ちて来る**
**内を仕切る平面が乾き脆く崩れ見えないもので区切られ始める**

後者は同じ頁の最後の歌だが、正直を言うと、抽象的すぎてつらくなってくる。さらに、歌集名の『具体』までもが責め立ててくるようだ。ウィトゲンシュタインに、『論理哲学論考』*Tractatus Logico-Philosophicus* という著作（というより、生前刊行したのはこれだけである）があるが、これを読む時に覚える感覚と、『具体』は似ているような気がする。途中で、あまりの純粋さ、抽象的記述、厳しさに辟易してくるところも類似性がある――。

「一　世界は成立していることがらの総体である。
一・二　世界は諸事実へと分解される。
二・〇二五　実体は形式と内容からなる。」（野矢茂樹訳・岩波文庫版）

と、短い部分はこのような具合である。いっぺんに読むとつらいが、時折り取り出して読むと、非常に刺激的で、ものすごい膨らみを持つという点でも、両者は酷似している。おそらく読者は、具体物で想像力をひろげながら、本歌集をゆっくり一首ずつ、「展開」ないし「敷衍」するべきなのだろう。

# 赦すのか　曲がってしまった幾百の線を　たるんでしまった幾千の線を　か

初句でインパクトを与えるタイプの歌である。三か所の一字空けと「線を」の繰り返し。赦す、たるむ、という人間臭い語彙を用いながら、全体はやはり抽象を極める構造を維持している。歌集における隣の歌は、

にげぐちをふさいでしまったじょうご状の線分たちの細かなふるえ

で、岡本太郎の大作「森の掟」（一九五〇年）が想起される。まことに太郎と佐藤氏には似たところがある。抽象に徹し切れず、パリ時代に、（サルバドール・ダリから低能扱いされた）「アブストラクシオン・クレアシオン」を脱けて、腕と蝶のようなリボン（「痛ましき腕」）を描いた太郎と、抽象の歌の連鎖に時折り顔を出す人間らしさ、その集まりに『具体』と命名する佐藤氏と——。

掲出歌の「赦す」「たるむ」は、もっぱら人間の行動に用いるので、歌の上では「線」のことであっても、これは、人間活動の抽象化ではないか、つまり、佐藤氏の頭には、赦したり、たるんだりする、人間（ないし知人）の具体的状況が認識されていたのではないかと想像できる。純粋な知的操作だけで、この一首ができているわけではないだろう。

J・S・バッハは、晩年「フーガの技法」という、いわば知的操作による曲を作った。主題をさまざまに延ばしたり、転換したり、鏡像にしたりして、遁走曲にしたのだが、悪く言えば理屈で作った曲で、癒されるとか、聞いていて安らぐというものではない。もっぱら知的な数学的楽曲と言ってよい。未完であるが、主題を上下、逆にしても、きちんと対位法的に楽譜上で合ってしまうというところがすごい。しかし、純粋に抽象的なメロディにも、美しいと感じられる、つまり抒情性の感じられる部分が現れる。本歌集『具体』も、全体を読めば、「フーガの技法」を思わせるところはある。

## 点々でびっしり埋った旗たてて線路爆破は高原でしよう

本歌集は「具体」と「意匠」と二部構成になっているのだが、「意匠」に入ると、徐々に具体的な歌が混じり始める。本歌で言えば、「旗」「線路爆破」「高原」などの語彙がそうである。こういう語句は、第一部には稀れであった。初句「点々」は抽象的で、まだ第一部「具体」を引きずっている。抽象性は、じつのところ、歌集の最後まで消えることはない。

「あとがき」によると、本歌集は一九六七年の二月から七月に作られたものであるという。新聞の縮刷版でも調べれば、この期間に国鉄の爆破事件か何かがあった可能性もある。しかし、そういう作業は、よく誤解されているのだが、テクストそのものとは関係がない。外の事情である。文学研究でも、作家の生涯、スキャンダル、学生の時の成績表とか、手紙とか、そういうものはテクスト研究とは無関係だ。たとえば、この時期、たしかに線路爆破事件があったとして、それがこの歌の読みにどう関わるというのだろうか。事件が引《ひ》き鉄《がね》となっても、なっていなくても、どうでもいいことであるとも言えるのではないか。

「点々でびっしり埋った旗」は星条旗ではないだろう。安保闘争は六〇年と七〇年であるが、これもどうでもいいことだ。普通、線路を爆破するのは、社会に衝撃や迷惑を与える目的ならば、都心だろう。「高原」が惹起するのは、そよ風、湖、ラヴェンダー、ブルーベリー、恋人たち、合宿、キャンプファイアー、オルゴール美術館、ハーブ、ソフトクリーム、マリーローランサン、ジャズやロックフェスティヴァルなどであろう――禍々しい「線路爆破」はシュールなミスマッチだ。

しかし、「高原」から広がる連想はじつに大きい。それは私が都会人で、高原に憧憬があるせいかもしれないが、「線路爆破」は、煙と炎、逃げる客しか目に浮かばない。清里あたりで線路が爆破されても、牧歌的な事故だろう。単線が、おだやかに、粛々と修理されるような気がする。地震にしても、東京の真下なら大災害だが、人のいない高原の真下なら被害も少ないだろう、というところまで思いを至らせる。むしろ、（ブラック）ユーモアのある歌である。

## コーラ瓶の破片を植えた塀が続き円数個空を駆けている

いまは見かけないが、昔はこういう泥棒除けがあった。しかし、牛乳瓶の破片かもしれないのに、「コーラ瓶」という初句は、作者が塀の細部を見ることができる至近距離にいることを示しているだろう。その塀が「続く」のは、猜疑心が続くことでもある。泥棒に入られる心配をしなくてはならない、といって、旧華族の瓦屋根のついた塀ほど立派ではない程度の、資産家の長い塀である。ひと昔前、「コーラ」は、アメリカンデモクラシーを象徴していた。京都御所に頑丈な防壁はなく、無防備である。権威に対する信頼が成り立っていた。コーラ瓶を庭で叩き割って、塀の、生乾きのコンクリートの中へ、ぶすっと埋め込む作業を繰り返す――およそ古き良き日本とは無縁の嫌な営為である。

歌では、そのあと、「円数個」と続くが、これが非常に軽い。ただでさえ軽いのに、「空を駆けている」――下句の子音の連鎖は、s―k―s―r―k―k―t―rで、歯擦音、流音、軟口蓋音と、みな軽い音《おん》で、意味も形式も軽い。一方、上句は前述したような深刻な契機を内包していると読みたい。軽重の対比――結局、芸術は「めりはり」だろう――明暗、大小、厚薄、濃淡、強弱、哀楽。人間らしさの根本も対比だ。人はコントラストにより感動する。

美輪明宏先生がヨーロッパで歌ったら、拍手が十五分なりやまず、やむなく裏口から退出したそうだが、フランス語で歌ったのは三曲だけで、あとは日本語だったそうだ。感動の涙・喝采は、彼の声や所作の強弱、大小、高低にあったのだと思われる。

## 補助線が棘のようにささる円を抱いて青年がねむる柔かな都市

初句は小中学校の幾何の用語だろう。これをうまく引くことができると、図形の問題がすっと解決するような線である。もう、具体的にどういう線だったか、思い出せないが、棘のように短いものではなかったような気がする。あまり厳密に考えないほうがよいかもしれない。

作者は私大・社会科学系ではあるが、こんなところに幾何が顔を出すのはおもしろい（人文系なら、私大でなく、東大へ行くよう御尊父に言われていたそうである）。高校の時、三角関数で単位円というものがあって、縦や横にいろいろ直線を引いたものだが、あれは補助線という名称だったかどうか、いずれにしても、本歌で、青年が抱いているのは、その単位円のようなものだと思われる。

結句は、サルバドール・ダリの作品を想起させる――普通は固いと思われるものを柔らかくするのが彼の特徴である。タイトルは「記憶の固執」だが、描かれた時計は溶けている。これからの建築は柔らかいものになるだろう、とダリが言ったところ、あのル・コルビュジエが不愉快な顔をしたと、ダリの自伝に書いてあったような気がする。

　固いものに柔らかさを見るのは、すぐれてシュールな、芸術的営為である。柔らかい都市がまさにそうだろう。現代の都市のどこを探しても、柔らかそうな部分はない。都市住民の心も固く閉ざされている。柔らかいとすれば、それは、むしろ丸い円を抱いている青年のほうだろう。

　ここで、作者の視点は、シャガールの絵のようになっているのではなかろうか。空から自由に柔らかく見下ろしているようである。柔らかいのは、作者の都市観なのかもしれない。〔補助線などが描かれた円を抱いて寝ている青年が不敏である〕と考えたかどうかはわからないが、これでまわりを囲む都市まで固いとなると救いがない、と考えたかどうかもわからない。が、歌としては柔らかくて、正解であろう。抒情は短歌の枢要であるべきだが、情あれば知が求められるところである。要は両者のバランスだろう。

## 折れ口が結晶を産む季節には少年がつくる帯状の思想

「折れ口」の「れ」は絶対に必要である――さもないと、空想力豊かな歌人たちは、釋迢空を思い浮かべてしまう。二字熟語――「結晶」「季節」「少年」「帯状」「思想」――のキーワードを、平仮名がつないでいる。初句、二句の鋭角的イメージと、結句の、体言止めながら、柔らかなイメージは強い対比をなしている。形式的に記述すれば、本歌はこういうことになる。

イメージはそうなのだが、「具体」的意味は、やはりわかりにくい――どこまでも執拗に追いかけてくる歌集のタイトルである。中心部分は、下の句にあり、要するに、少年が「帯状の思想」をつくる、ということである。堅牢な思想、柔軟な思想、革新的な思想、保守的な思想、明快な思想、頑迷な思想、健全な思想、危険な思想、と思想にもいろいろあるが、やはり眼目は「帯状」のミスマッチ、あるいは「帯状」と「思想」の化学変化を楽しませることだろう。字面から「帯状疱疹《たいじょうほうしん》」を思い浮かべた人（私である）の読みは、シュールだが、ちょっとおかしい。「おびじょう」がよいだろう。さもなければ、「帯状思想」とでもしたはずだ。

帯ということは、途切れないで、長くいつまでも続くという含意だろう。これ以上、深く考えを巡らせるのは意味がないのだろうか。作者は「帯状の思想」という組み合わせを思いついたことで満足し、あとの解釈その他は、読者に「丸投げ」したのだろうか。これは「丸投げ短歌」なのか――と考えても矛盾点はない。一方、深く考えたほうがよいという考えも矛盾しない。この歌の左右の歌――、

ちぎられたままの形象《かたち》が流れてゆくこの平面のひろがりの尻尾

一斉に微粒子空間輝くとき遠くから来たあしたがみえる

からも、残念ながら、手がかりは見つからない。そこで、私は本歌を、〈なにかの固体が、ぽっきり折れた箇所から塩化ナトリウムの結晶が、吹き出る、渇いた季節には、少年が、終わることのない少年・青年期独自の無意

味な思索にふけり、それが帯のように体に絡まって苦しい、助けてくれ」という意味に解釈することにした。

## 点描の丘に井桁を高く組む　つばさよ　このいまだけのつばさよ

本歌集で、この歌にたどりつくと、ようやくほっとするというか、無機質、キュービスム的世界から、やや解放されて、抒情性を含む安心感が生まれる。結局、短歌は抒情詩たることを逃れられないのではないか。佐藤氏の本歌集は、「あとがき」にあるように、実験なのだが、それは、短歌が抒情を徹底的に排除できるかということを試したのではないかと思われる。

本歌の下句は、どちらかというと、抑えた抒情ではなく、手放しの「熱唱」に近いだろう。しかも、点描pointillismeと聞いて、作者の想定している知的な読者が想起するのは、まぎれもなく、ジョルジュ・スーラなどの新印象派の画家、あるいはフェルメールの、あの光の粒だろう。「点描」は、わかる人にとっては、抒情たっぷりの小道具である。

球体、立体、線、といった、本歌集に満載の幾何学用語もなく、かろうじて、それに近い「井桁」は、抽象的な使われ方ではなく、材料の、暖かい木材、人の香りを彷彿させる。もちろん計算した上の使用にちがいない。非人間的、物質的、唯物的という、およそ短歌と無縁の構成要素を意図的に組み合わせて、この歌集は実験的に、数か月で作成された。それが、この一首に来て、破綻したように、作者は見せかけたのであろう。ここに、このような抒情性のある歌でなく、無機質な歌を載せることも作者はできたはずである。この歌のあと、抽象を極めた歌が、さらに三十首は続くのだ。隠し味のように（隠れてはいないのだが）置いた一首とも言えるだろう（現に「点描」からイメージをふくらませられない人にとって、上の句は、非具体的になってしまう）。

作者は、この実験歌集の意義をどう見ていたか、知る由もないのだが、この一首を置いたことにより、また第二歌集以降の作品を考える時、抒情を歌から引き離す試みの不毛さに気づいた、と考えられるのではないだろうか。べったりと張り付いた抒情は、愛憎半ばする、近親憎悪のようになることもある。常に、理知的であり続けた作者の、実験にも似た抽象短歌は、ここでわずかに緩んだとも言えるだろう。

# 第二歌集　海胆と星雲《うにとせいうん》

序文＝加藤克巳
表紙・本文装画＝峯田義郎
昭和 48 年 1 月、短歌新聞社刊
菊判並製 112 頁・函入り・1300 円

# 吠えよ這えよ十月の女行くところ天は緋色でなければならぬ

本歌集『海胆と星雲』の歌は九頁から始まるが、その冒頭の歌――この頁中央にこの一首のみである。ただし、左上部にモノクロームで、光琳の「燕子花図屛風」をモティーフにしたような抽象的な挿絵がある。

短歌における命令形は強烈かつ孤独かつ独善的である。小説では、ありがたいお客様である読者に命令することなどあり得ない。本歌初句の「吠えよ這えよ」も、いろいろと連想を誘う。「這えば立て立てば歩めの親心」という川柳があるし、もちろん、『月に吠える』など、いわば夾雑物が解釈・鑑賞の邪魔をする。無心、虚心坦懐に鑑賞できるのは、むしろ余分な知識のない人だろう。しかし、佐藤氏の場合は膨大な知識が背景にあるので、読者も、「あとがき」にあるように、この歌人から「選ばれ」てしまう。結句も断定的な「ならぬ」である。一首の最初から最後までを強い緊張が貫いているのはたしかだ。

吠えたり、這ったりするのは動物だろう。下のほうで何かが這い、吠える。その怒号を尻目に、女が一人歩く。空は緋の色である……まったく意味がわからない。この歌は、本来、第一章の代表歌だろう。「餓鬼道春秋」という連作の最後から三首目である。そういう文脈に置いてみると、この歌は、餓鬼道に墜ちた人の視線で、飲食することができず、苦悶する人間の姿を描いていることになるのがわかる。餓鬼道を描いた「餓鬼草紙」という絵巻物があるが、おそらく緋色が用いられているのだろう。

そういう枠組みを外せば、本歌は、荒涼としたカタルーニア地方を、シュールかつリアルに描いたダリのタブローのようだ――空といい、大地といい、緋色の部分も多い。どちらかというと、日本離れした色ではないだろうか。また、緋毛氈、緋鯉、緋桜と、この色は異国の香りがする。じつは、歌集名をなす、「海胆」も「星雲」も、花キャベツや犀とともに、ダリが執着していたものである。いずれも、不思議な幾何学模様を持つのが特徴である。

## 都市湿潤だんだら縞のまりはねて活きかえり来る地獄のあたま

これは「I」、つまり、第一章（と呼んでよいかどうかは、ひとまず措くが）「地獄のあたま」の冒頭歌である。

さて、初句は佐藤氏に特徴的なフレーズである。この旋律はモーツァルトらしいな、とか、いかにもバッハだな、ということがあるが、それと同じだろう。直後の柔らかい平仮名表記、画数の多く、黒い「縞」、ふたたび平仮名、結句の禍々しい「地獄」と、表記は計算しつくされ、作者の充実した精神の動きを感じ取ることができる――およそ、油断、隙がなく、一首に気が充満している感じである。

「都市」は普通、「無機質」や「乾燥」を連想させるが、それが熱帯雨林のように「湿潤」であるというおもしろさと、非日常性（＝地獄）——腐る都市、剣呑な「まり」は、不気味な縞模様で、地獄と現世を往復する。作者の視点が、この章では、特殊である。おそらく寺に生まれた作者は、地獄の話などをありありと聞かされていたのではないだろうか。じつは都市自体も地獄とあまり変わらないのではないかという含意もありそうである。

このセクションでは、地獄模様が、作者の強靭な想像力と、おそらく知識を動員して描かれる。作者が試みているのは、いわゆる冥界降りであろう。古事記神話や、ダンテ、オルペウスなどの物語や、その映画作品を、作者が知らなかったとは考えにくい。さらに歌集全体を読むとわかるが、地獄草紙などからふくらませたイマジネーションの働きも大きいと思われる。

歌集タイトルが、集中のすべての歌を柔らかくにせよ、規定してしまうように、記述は、シュールレアリスムを基本としている。「溶ける時計」のように、あり得ないが、映像化はできるものというのが、ここで言う超現実主義の意味である。読者を選びたい、と作者は言うが、ついてゆくにはわれわれの想像力が試される。

## 火の円柱膨らんで進むあしたから親河豚が不意に顔をのぞかせ

第一章第一節（と言ってよいだろう）「地獄のあたま」においては、初句が「火の円柱」である歌が四首連続する。「火の円柱」から連想されるのは、旧約聖書「出埃及記」ではないだろうか。エジプトを逃れたユダヤ人を、夜、守ったという火の円柱である。最近、あれは、活火山が、夜、光って見えたのを「柱」と表現したのだという説がケンブリッジ大の「物理学者」から出されている。それはともかく、円柱はあまり「和」風ではない。そこが、いかにも作者らしい。枠組みは「和」だが、個物に「洋」が使われるのである。

円柱の膨らみと、河豚の膨らみは響きあっている。地獄なのに、ユーモアがある。しかし、それは、「不意」なおかしさである。歌集において、次の歌は、

**火の円柱まわって進むあしたから卵のむきみなんだ白い地球**

で、どうも、河豚や鶏卵など、白い球体のイメージ、このあたりに作者は執着している。汚れた（と思われる）地球が白くなるのだから、火は、ここでは、浄化の象徴だろう。本質的に、作者は、いろいろな問題に関して楽観的ではない、と思う。そうしてみると、本来、地獄の業火は、悪人を「苦しめる」手段だから、「浄化」の場合も、「火」のインド・ヨーロッパ的な使い方である。河豚のとぼけたような顔と、殻を取られた鶏卵は、ともにこっけいな存在である。笑いを誘うと言ってもよい。それが火炎地獄にあるというシュールな状況がこのあたりの歌の眼目だろう。作者の歌を「シュール」の一言で片付けるのは、一種の逃げでもあるのだが、このように映像を鮮やかに喚起させるだけで、この歌は文芸的には十分成功していると言えるであろう。

# 湾から来る重い気流になぶられて折紙の飛行機はあいつにとまる

「あいつ」が一首を決している。地獄模様である。「重い気流」は、たぶん硫酸のような毒ガスだろう。「折紙」も、ボロボロになっている可能性がある。「湾」は、地獄の遠近法を現出させる奥行きを生む、よい舞台装置である。

この一首の中で、エ列音は、「なぶられて」の「れて」だけである。音の考察は、短歌の内容とは無関係だという主張もあるだろうが、形式（＝音）と内容は、西洋人のように、恣意的だなどと言って、即物的に切り離すのは忍びない――言挙げはしないが、言霊の幸《さきわ》う国なのだ――そういえば、僧侶の作家が、お経はエ列音ばかりだと書いていた――つまり、いい音という意味らしい。

この「れて」という音連鎖が、いわば「腰」のように機能して、一首を中心で支え、どっしりとした印象を与える（ちなみに、下手な歌を、かつて「腰折れ（歌）」と言った――『源氏物語』にも出てくる）。しかし、紙飛行機は軽いので、「重い気流」と対比すると、シュールにちぐはぐである――読む人が一人一人、玩味する価値があるだろう。

結局、繰り返しになるが、芸術は、対比、コントラスト――強弱、緩急、高低、濃淡、潤渇、明暗、の組み合わせが優劣を決める――たとえば、（機械のように「即物的に」弾く）ピアニストと、（ゆらぎを持ち、森の中にいるような）フジ子・ヘミングの演奏を比べると、そのことがよくわかる。作者の歌は、いい感じで後者へと近づいているように思われる。

「あいつ」は地獄にいるのだから、作者にとって、嫌な奴だろう。それを見ている作者の視点、位置というものも気になるが、作者はもちろん地獄に墜ちているわけではなく、冥界降りのスタイルに従って、ダンテのような立場にいると見なすことができるだろう。『神曲』には、ダンテの、博学だった師匠が地獄にいるという記述が出てくるが、本歌には、ただ「あいつ」がいるだけである。しかも、軽く、くだらない、とるにたらぬ紙飛行機に、嘲るごとく、止まられてしまう——材木のような扱いである。いろいろと葛藤の多そうな作者が、ここでストレス解消をはかっていると見ることも可能で、誰か特定の人物を想定しているのかもしれない。

## よそもののはかいしなげこむうすいろのうみにわたしはいのることあり

本歌集第二章「むら・まち・みなと」は、一首を除いて、すべて平仮名表記である。會津八一の歌は白装束だ、と以前に書いたことがあるが、あれを漢字交じりにすると、八一のカリスマはかなり消滅してしまう。こういうのは、歌そのものの価値ではないから注意が必要である。サルバドール・ダリの作品には大げさなタイトルがついていると、よく批判され、あんな表題がなければ大した作品ではないなどと皮肉を言われたものである。もちろん、タイトルと無関係にダリの写実力や想像力は厳然として存在する。しかし、たしかに、後世に長く残るかというと、膨大な集中力とエネルギーを使ったわりには、「記憶の固執」ぐらいしか残らない可能性もある。それは、ルーヴルでもどこでも、非常に細密で写実的な絵画が多く展示されているのに、その作者名はすっかり忘れられていることが、歴史的な残酷さを示唆していることでも察せられる。

この、佐藤氏の歌は、八一の「白装束化」と、逆の意味で、違う。漢字表記にすると、

よそ者の墓石投げ込む薄色の海にわたしは祈ることあり
他所者の墓石投げこむ薄色の海に私は祈ることあり

などとなるだろう。

八一には、漢「語」自体が歌の中になく、それに呼応して、漢「字」も排除している。じつは、本歌にも漢語はなく、すべて大和言葉である（第二章の歌には、漢語も外来語もある〔「びしょっぷ」「ぺえぱあないふ」「ばていじしゃく」等〕）。したがって、第二章の中でも、本歌の場合は、八一の持つ、仮名の効果――白装束化、すなわち、静謐さ、神聖さ、孤高性といった要素を醸し出す効果に寄与していると言ってよいであろう。

真言宗の教相だけでなく、事相（護摩の焚き方など）にも通じた作者が、「いのることあり」と言うと、かなり俗人のことばとは違う力がある。しかも、上句は、爽快だが、反社会的な行為で、サディスティックな対照の魅力もある――重い墓石が海に飛沫を上げる。海面は薄紫。真言教徒の作者は頭を垂れている。

# うすぐらい納屋の四隅に火をつけて中央で焚くすべっこいわたくし

第二章第四節「酸性土壌」の五首目である。この節は漢語の多い、また、語と語の関係が常識的にはよくつながらない歌が多い——もちろん、意識した上の構成である。

密教には護摩という儀式があり、この歌はただちにそれを想起させる（サンスクリット語 homa「焼施」の音写語である）。乳木は護摩壇の中央で燃やすのであって、本歌のように、護摩堂の四隅に火を放つわけではない。しかし、歌では、納屋の中央でも「焚」いている。護摩は「焚く」という動詞を本来用いるので、やはり護摩供への連想は避けられない。蠟燭が二本とか四本、護摩壇にはあるが、歌の「四隅」にあるのは、篝火かもしれない。すると本当に護摩を焚いている可能性もある。

作者は、私に、不動護摩法の、たぶん、口外しないほうがいいかもしれないことを、教えてくれたことがあった。おそらく、作者には、僧籍はなかったと思うが、焚こうと思えば、護摩を焚けたのではないか——否、焚けなくとも、結界を結び、網をかけ、車を出し、足を濯ぎ、供物を捧げ、火炎に不動明王をお迎えし、それと一体になる行者の儀軌をすべて知識としては知悉していたと思われる。

護摩では蘇油を使うが、ある寺では、サラダ油で代用している。したがって、「すべっこいわたくし」も、護摩と無関係ではない。作者は、どちらかというと、たぶん、つやつやしているほうだと思うが、護摩の火が顔や眼鏡に反射して光っているところを第三者的に描写しているのではないだろうか。

あるいは、焚けるけれども、焚いたことのない、しかし、御尊父が焚いていて、それを目にしていた護摩供を、空想で焚いていると言えるだろう。ただし、歌集の枠組みはあくまでも地獄なので、地獄で護摩を焚いていることになる。まわりも燃え盛っているのだ。火が胎蔵界曼荼羅のように、何重にも取り囲むバロック的世界である。「すべっこい」の促音の軽みは、それとユーモラスな対比をなす。概して、作者の歌は、徹底し、追いつめたような要素を、わざと、洒落て外すような美学がある。歌以前の、作者の性格のせいであると思うけれども、「すべっこい」ではなく、たとえば、「青黒い私」であった場合の深刻さを考えてみれば、そのことは明らかであろう。意外、と言うと失礼だが、精神が都会的なのだ。

## 綿飴で頰を打ちたい女のこと　繁殖期は鼻風邪のように長い

第二章第四節「酸性土壌」十五首目である。藤原龍一郎氏の歌集に『花束で殴る』というのがあるが、「綿飴で」打つ、という表現は、それを想起させる。バットや棍棒では洒落にならない。プロレスリングで、スタン・ハンセンというレスラーが、受け取った花束、というより、女が差し出した花を奪いとり、試合開始前なのに、それで相手に殴りかかる光景が、よく見られた。花束で殴られて痛いのは、レスラーではなく、花束を贈った主催者の心だろう。

柔らかいもので、しかも、男が女を攻撃するという、おかしな世界、アンバランス、諧謔、皮肉、ユーモアがこの一首にはある。綿飴というのは花束以上に柔らかく、甘く、効果的な武器にはならない。

英国の「モンティ・パイソンの空飛ぶサーカス」というコメディ番組にも、同じようなシーンがある。それは、スペイン異端審問のパロディなのだが、枢機卿のようなコスチュームの男たちが、邪教を疑われる老女に対し、Confess! Confess! と叫びながら、柔らかいクッションで、突いたり、拷問の椅子と称して、安楽椅子に座らせて、茶を出したりするというものである。作者は、時代的にこれを見ていた可能性もある。しかし、イギリス的ユーモアが作者にはもともとあるように思う――南国というより、北国の、ちょっとひねった、知的笑いである。おそらく、これは作者の出身地の風土や知性と関係がある。

「鼻風邪のように長い」という表現は、ほかに例がない明喩である。「繁殖期」は、どう読んでも、第三句の「女」と繋がってしまう。しかし、ヒトの場合は、一年中だ。たしかに長い、というより（よく知らないのだが）女性が繁殖できない時期はないだろう（と思う）。それを作者は、厄介な鼻風邪にたとえている。すると、繁殖期が季節を問わないヒトの女というものが嫌で、綿飴で殴りたいということになる。年中繁殖できるというヒトの性質は先天的なものなので、責めたくとも責められない。だから、綿飴でしか殴れないのだ、と解釈しておくことにする。

なぜ、作者は、繁殖期が長いことが嫌なのか、が最後に残る疑問である。仏教的禁忌が底を流れているような気もするし、知性の溢れる作者が、動物とヒトを比べて長嘆息しているとも考えられる。

# だれもかれもあなたの粘性がいやになり　にせものの天に円筒いつまでも立つ

第四章第一節「二人称単数Ⅰ」七首目である。「粘性」が嫌なだけあって、本歌は平仮名が多く、あっさりした視覚的印象を与える。「粘性」が仮名に挟まれて、いかにもべったりした感じがするのは、表記上の戦略が成功しているからである。初句「だれもかれも」の字余りも、いかにも嫌だという嫌悪感、粘着感に寄与している。表題から察せられるように、本節の歌には、すべて「あなた」が含まれている。本歌の次は、

風景がモノクロームで燃える日はにんげんのようなあなたと踊る

で、「あなた」は人間とは限らない、否、人間ではない可能性が高い。確定はできないが、何か、惰性、習慣、慣習といった、社会性の強い「ことがら」ではないかと思われる。そういう概念に対して、「あなた」という「二人称単数」代名詞を用いることによって、人間の属性にまつわる表現が使えるようになり、修辞学で言う、擬人法が生きる。「粘性」は普通、事物に使うが、「あなたと踊る」などはもっぱら人間用の表現だろう。

本節で、「あなた」の指示する「もの・こと」は、おそらく多様で、確定し難い。作者の頭にあったものを想像するのは、推理ゲームのようである。短歌には、初心者が作ったものにも、作者に説明を聞いて、ああわかった、と納得させられることがある。まるでクイズだ。本来、そういうのは、短歌それ自体の価値とは無関係、いやむしろ、いい歌ではない、という気がしている。短歌評論とは、難しいことだが、歌の背景を推測したり、不

確定の内容を確定したりする作業であってはならないのではないだろうか。

## 少年と一群の蝶風呂に行けり干鰈と白い月鈍い木魂も

第五幕第五場(?)の第一首である。上の句は寺山修司のようだ。作者も知らない間に影響されている可能性がある。フランス文学者・詩人の安藤元雄氏が述べていたが、氏は、詩を書いている最中に、あ、これはもう誰かが書いていることだ、と思うことがあり、そういう部分を消去したという。ところが、マラルメなど、フランスの詩人を研究してみると、いろいろな詩人の表現を借りてきていることが多い。それを発見して以来、自分の詩でも、既出の表現、内容を気にしないようにしたという。

学術論文では、過去の繰り返しは許されない、というより、発表することができないだろう。査読者によって、却下されてしまうはずである(ただし、査読者が気づかないこともあるらしい——過去の論文をわざと、もう一度提出してみて、どうなるか試したところ、掲載されてしまったという実験がある)。

短歌も、本来、芸術であるなら、繰り返しは無用、というより、御法度である。よく岡本太郎が言うのは、美術史に繰り返しがない、ということである。日比野克彦も、芸術は同じ人が二人要らない世界なんですよ、とその厳しさを語っていた。模倣は、自己否定であり、意味がない。短歌を芸術と考えるかどうか、すべてはその一点にかかっている。

古今東西の芸術を詠った歌は、模倣の模倣である。無意識に似てしまったものはしかたがない。寺山や塚本を超える、否、影響を見せないのは、並大抵ではない。呑み込まれてしまう。一度、影響を受けようものなら、その「悪魔祓い」は長期間に及び、独自の歌を作り上げるのは難行苦行である。

一首のあちこちに、あるいは歌集のあちらこちらに、著名な歌人の影響が見られる、という情況は、芸術としては不健全だが、短歌を芸術と考えなければ、問題とはならない。日常詠であれば、同じ人間であるから、似たものになってしまうのも当たり前である。その点で、作者は下の句で作者らしさを出しており、芸術の域に達している、と私は思う。

## まがったらなんにもなくなる曲り角をモンシロもキチョウもまがっていった

この節、「蝶」の歌には、すべて「蝶」か、蝶の固有名が含まれている。当たり前のようだが、そうでない歌集や歌群も少なくないだろう。しかも、上の句をすべて同一の語で始めるとかではない（たとえば釋迢空の「しんがぽうる落つ」の一連のように）。ゆるやかに、一つの主題でまとめた連作である。

曲がると何もない、というのは、もちろん比喩で、何かあるはずである（空気とか、土とか）。何もないというのは、作者にとって、あるいは蝶にとって、有意味のものがないという意味だろう。ここで、「なんにもなくなる」は、どうも、ネガティヴな意味で、そこを、知らずに行ってしまった、嗚呼、というのが、本歌の眼目だろう。作者は、曲がると、「なにもない」ことを、なぜか、すでに知っているわけである。

考える。蝶にとって「なんにもなくなる」状態は、それほど苦にならないのではないか、と。しかし、それは、歌の含意にはないだろう。おそらく、ひらひらと飛翔する蝶の様子が、作者には、気楽で、無垢な、無邪気な、猜疑心のない、といった属性の象徴なのだ。したがって、この節に出てくる数多くの「蝶」を「人間」と置き換えても通ってしまう歌もある、と思うが、それは深読みで、作者はあくまで、蝶そのものを歌っているようである。次歌は、

つぶされて平らになった揚羽の死　切株の上で風をみている

で、何も知らずに曲がったモンシロチョウ、キチョウと、つぶされたアゲハチョウは、かすかに、劇性という糸でつながっている――前者にも、何か悲劇的なことが起こるのでは、という推測を読者に呼び起こす。そして、「なんにもなくなる」が、突如、禍々しい響きを帯びる――何にも無くなる＝つぶされて消える、のではないか、と。もともと、蝶というのは、生命力が（生物学的にはわからないが）弱く、すぐ死んでしまいそうに、はかなく、見える。つぶれると、死んだあとでも、体積が小さいので邪魔にならず、平らになってしまう。そういう脆弱性を、危険な舞台装置に置いて、何か示唆しようと試みた歌であると言えるだろう。

# 第三歌集　制多迦童子の収穫《せいたかどうじのしゅうかく》

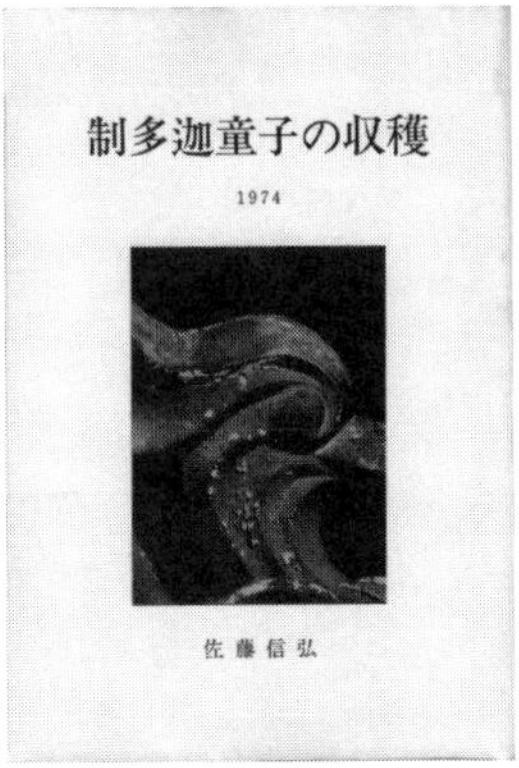


題字＝加藤克巳
昭和 49 年 10 月、青和工房刊
A 5 判 60 頁・800 円

## 陽のなかはたぎりしたたりなまなまし　轟々とわれの吸気もはしる

本歌集は一九七四年十月刊、作者が三十四歳から三十七歳までの作品三百八十二首である。「制多迦童子」とは、サンスクリット cetaka（「従僕」）の音写語で、不動明王の脇侍《きょうじ》である。怒りを表し、誤ちを正す、と仏教辞典にある。歌集の第一章第一節「落陽に」の冒頭歌がこれである。

すがすがしい朝日と異なり、たしかに、落日は、地球の汚れを吸い取ったかのごとく、汚い感じもしないことはない。瞑想法で、太陽を体に入れるというのがあるが、夕陽を思い浮かべるのはやめたほうがいいですと、美輪明宏先生が書いている。黄昏、落日、など、たしかにマイナスのイメージが強い。しかし、作者のように、天文写真で見るような、フレアを放出し、黒点の見える、ドロドロした感じの太陽を夕陽に感じ取れる人は稀れだ。独自の感性だろう。

「陽のなか」と言った時、天文学的に、太陽の中心の化学反応をイメージしているのかどうかは定かでないが、「なか」は中なので、理科図鑑などにある、あの図を想起すればよいだろう。無生物、無機的なものにも、人間的な形容詞、表現を使うのは、作者の大きな特徴の一つである。となると、生身の人間には、どれほどの、凡人には強すぎる感情を作者が抱かされているのか、と考えて、やや恐ろしくなる。

「たぎりしたたりなまなまし」は、一見しただけでは、どこで切れるのかわかりにくい。もちろん、作者の計算である。「た……たた…」や「…り…り…」や「…し……し」といった子音がもつれて滝のように落ちてゆく効果、母音だけを拾うと、a-i-i-i-a-a-i-a-a-a-i となって、ア列音とイ列音しかないことがわかる。これが、どのような効果を持っているかを述べるのはやさしいことではないが、より「したたる」ように、より「なまなまし」いように、感じさせているとは言えるであろう。

下の句は、「呼気」ではなく、「吸気」であるのが変わっている。僧侶が経典を読んだり、座禅をする時は、腹式呼吸で、鼻から息を吸い、口から吐くものである。「轟々と」音を立ててはいけないことになっている。そこが、真言宗の寺に生まれた作者の歌としてはおもしろい。吸気がはしる、のは、イメージするのも難しいが、夕陽の死にゆく様の禍々しさという図にはよく合っている。

## 佯りの狂い声に馴れ繰返し朱の壁にむき風の名を誦す

第一章第二節「普化」の第二首である。初句は「いつわりの」であろうが、二句の「狂」と視覚的に結びついて、「佯」と「狂」が字として躍っているように見える。第三句の「繰返し」の「繰」も「躁」を連想させて、賑やかである。「佯」の旁《つくり》が「羊」であるのも、狂った羊が暴れているようでおもしろい。しかも、「佯狂」とい

う熟語もあるから、それを展開した表現ともとれる。この節の第一首は、

## 昨日からが本当の春さ　一つ眼の僧形のものが黄塵と去る

であるが、これが本歌にも余韻をもたらして、結句の「誦す」は、どうしても、詩歌ではなく、経典と解釈したくなる。歌集名の密教性も、収録歌を柔らかく規定する。「風の名」というのは、東風、南風などのほかに、ヨーロッパでは、春に吹く恵みの「ゼピュロス」＝西風（の神）など、いろいろあるが、これらを含む教典を寡聞にして知らない。『法華経』の「観世音菩薩普門品第二十五」、俗に言う「観音経」には、「黒風」というのが出てくる。季節風の意味らしい。『法華経』は使わないだろうが、いわばその第二十五章である「観音経」は、作者の育った真言寺院ではよく唱えていたはずである。毎朝、唱えているのは、『理趣経』という経典のはずだが、本歌では、これを指してはいないだろう。

「朱の壁」も、格式の高い神社仏閣を想起させる。「繰返し」も、真言（＝陀羅尼）などを、七回、二十一回などと反復する行為と密接な関係にある。

総じて本歌は、周辺の状況も手伝って、真言密教系の所作を連想させ、上句の、喧騒、狂気、猥雑さと、下句の、静謐さ、清浄さ、規律、という対比がある。「風の名を誦す」は字義通りに解釈しなければ、爽快感のある、透明な、祓いの儀式のようにもとれる。「偽りの狂気」という捻れたものに、もう馴れてしまっている自分がいるわけだから、祓うにはふさわしいだろう。潔癖なところもある作者が、汚泥に身を置かざるを得なかった情況、そしてそれを、経典や真言で、また歌で、祓っている心情の歌である、と解釈できるであろう。

## 裸足僧侶　枯葉と風におくれずにいくたりかすぎて　鏡売り立つ

初句のイレギュラーな韻律が聴覚的にも視覚的にも異様で、何らかの効果を上げている。どのような効果か。滑らかでない効果。凝縮した効果。熟語でないものを熟語のごとくに提示することによる言語破壊の効果。逸脱の効果。そもそも「〜僧」という語は多いが（破戒僧、修道僧、密教僧、修行僧、学僧、火宅僧、等）、「〜僧侶」という語はないだろう。作者の造語であると思う。

鏡を売るのは誰か。商人だろう。たぶん、僧はものを売ってはいけないのではないか。しかも、鏡は、御神鏡なら「神社」（の社務所等）で売っている。「売り立つ」という表現は、積極性を感じさせ、ただ漠然と売れるのを待っている状態ではない。しかし、鏡とは、大安売りとか、バナナのたたき売りのように威勢よく売るものではないはずだ。そういうものを売っている僧侶というのが、何重にも絡まって非現実的である。本歌の前は、

与えられしわがための棺の白い軽さ　いつまでも虚のそれと鈴振る

で、鈴を振るのも、邪気を祓う神道の儀式である。神道と密教と――。昔は、神仏習合だった。いまでも神棚と

仏壇の両方を持つ家があるだろう（神職の家でないかぎり）。作者の故郷は、厳しい山岳宗教の香りも強いところである。修験道と密教は不即不離で……というのは深読みの可能性もあるが、本歌を成立させる背景に、漠然と影響を与えているのではないかと思う。

さて、初句と結句が、インパクトを与えつつ、主部と述部を形成するのだが、間の語句は、非現実さを感じさせない。かなが多く、内容・形式ともに摩擦を生まないように作られている。ただ、その深い意味内容はよくわからない。「幾人か過ぎる」の含意、「枯葉・凪に遅れない」の含意は難解である。

寺山修司が、自分の芝居は理解しようとしないで、感じてくれ、と言っていたそうだ。その鑑賞方法を、この歌に適用するのがもっともよいような気がする。鑑賞を拒否する短歌というものも世には多いだろう――岡本太郎の「座ることを拒否する椅子」のように。

## わがあばら内からたたく蛾を住ませ知らない人とよその国行く

歌集の第一章第二節「普化」の第七首目（最後から二首目）である。すぐ想起されるのは、英語の慣用句“have butterflies in one's stomach”ではないだろうか。不安で落ち着かない、という意味の生々しい表現である。作者がこの英語を知っていたことに疑いはないが、「蝶」を「蛾」に変え、「胃」を「あばら」に変えたところに工夫がある。また、この英語を知らない人には、いっそうエキゾティックな表現として、印象を深く与える効果があるだろう。

おそらく、読者を選ぶと公言している作者は、この程度の英語の知識は前提としているはずで、それだからこそ、直訳のまま使用しなかったとも考えられる。

要するに、言いたいことは、違和感、不全感、そして、それを「住ませ」、ということは、許容、ないし諦観して、他人と外国を行く、のである。ちなみに、「知らない」と「よその」は、フランス語では“étranger”と、同じ語を使う。その遊びもあるのではないかと思う。「蛾」はフランス語で「夜の蝶 papillon de nuit」と言う。両者に本質的な差違はない。仏訳すれば、

Avec des papillons de nuit qui flottent dans mon estomac
Je vais avec un étranger dans un pays étranger

ぐらいになるだろう。本歌は、このままの日本語では、違和感を持たれ、難解だ、と黙殺されること請け合いである。作者が、日常詠の腐臭の中に耐えて、あるいはそういう楽園から退避して、言語芸術の王国を構築していたのはたしかである。

# 薄墨のうねうね雲のずれさがるくにざかいの谷の葱坊主の縞

第一章第三節「雲」の冒頭歌である。修辞学で言えば、「薄墨の雲」は暗喩で、「薄墨で描いたような雲」と言えば、明喩となる。一読して、上句のみ、ウ列音が多いことに気づくだろう——母音だけ拾い出して並べると、u-u-u-i-o　u-e-u-e-u-o-o　u-e-a-a-u、下の句は、u-i-a-a-i-o-a-i-o　e-i-oo-u-o-i-a。これがどういう効果を持つかは、客観的に言えることではない。印象にとどまるだろう。垂直方向の動きにかかわると、私は思う。異なる意見があってもよい。いずれにしても、作者は意識的に計算して、同じ音を配列したことに疑いはないだろう。

同時に見逃せないのは「の」の連鎖である——、u-u-u-i-NO　u-e-u-e-u-o-NO　u-e-a-a-u　u-i-a-a-i-o-a-i-NO　e-i-oo-u-NO　i-a と、ほぼ各句に一つはあることになる。この畳みかける「の」の効果は、カメラのクローズアップで、対象に近づいてゆくことであり、佐佐木信綱の、「ゆく秋の大和の国の薬師寺の塔の上なる一ひらの雲」と同じ効果である。しかし、規範的、かつ綺麗にまとめようという意識は作者にはない。偽悪的と言ってもよいぐらいで、既成の美、型、パターンに従わない潔さがある。「の」の連鎖による遠景から近景への変化といっても、奥行きがあり、躍動する感じ、ユーモア、しかもそのクローズアップの速度が速く、おもしろい。これは、印象ではなく、客観的に言えることだろう。

作者の歌をこうして読み解いていて、どうも、形式とか修辞にこだわりすぎているかもしれないという反省が生じてきた。正直なところ、あまり、内容に深く入り込めないという事情もある。難解などと、簡単に片付けるわけにはいかない。美輪明宏先生の言うように、ただ詩人の表現を楽しめばいい、という見解は、救いになる。

# あなたまで漂白した言葉を持ち歩き鰯雲の下で男への弔辞

第一章第三節「雲」の第六首目である。まさか貴女が、小綺麗に飾り立てた、形式だけの、中身のない言葉を口にするとは思いもしませんでした、故人が虚しい思いをしていますよ、貴女、そんなことでいいんですか、という歌である……かどうか、確信がないが、一つの解釈として示しておく。積乱雲、積層雲、飛行機雲などと比べて、鰯雲はいかにもこせこせとした形状をしている。屈折して、折れ曲がり、くしゃくしゃになっている。それが、もちろん漂白した言葉を言わざるを得なかったあなたの心情、または作者の悲しみを表す、と見る。

作者はいわゆる博覧強記の人であり、古今東西のことについて知らないことはない、といった感じの方である。しかし、そういう該博な知識を披露するような歌はない。ある知識を前提としているふしのある歌はあるが、知識がないならば、ないままで読めてしまう歌である。作者の、抽象的、無機的な歌の背景には、世間一般の歌を数百倍凌ぐような知識・教養が厳然と在ることを思い出して、畏敬の念に襲われる。

さて、初句の「あなた」は誰だろう、と詮索しても意味がないだろう。驚くような表現、意外な修辞、非日常的な語句、こういうものが詩をつくる。手垢がついたことば、などという気持ちの悪い言い方があるが、言っていること自体は正しい。「薄氷を踏む思い」「火を見るより明らか」などという慣用句を破壊するのでなくては、

「韻文」を作る意味そのものがないと言ってよい。哲学の仕事は、常識批判、当たり前と思われていることを、鵜呑みにしないで検証することであるが、それと似ているところがある。

## 水中の若者の死か花柘榴　花弁に硬い花火があがる

第一章第五節「春蝶と」の第三首目である。上句と下句を一字空きが隔絶させている。そのため、上句は俳句のごとくにも読める効果を生んでいる。短歌と俳句は根本的、本質的にまったく異なるものである。作者も、ある「歌人」をさして、俳句をやったほうがいいんじゃないか……だって、上句で、もう言いたいことは終わっているんだから、と言っていたのを思い出す。いま、その人がどうなっているのか知らないが、たぶん俳句のほうに興味があるのだろう。俳人と歌人は性格も違うぐらいだと思う。

「花柘榴」は夏の季語なので、あるいは該博な作者の遊びともとれなくはない。器用な作者がこっそり俳句をつくり、筐底に秘めていた、ということも考えられなくはないからである。それが、ここに氷山の一角となったと言えるかもしれない。上句の「花柘榴」から花弁を引き出してきて、頭韻を踏ませ（Ka-ben...Ka-tai）、さらに現代版の「縁語」の花火を出してくる。古典の技法を蘇らせた遊び心があると言えるだろう。

しかし、これは形式の話で、内容はじつに禍々しい。形式と内容のずれは、岡本太郎の言う芸術の本質である。

藤山一郎が、悲しい歌をさめざめと歌うのは芸がない、とよく言っていたのと同じである。この点をわれわれも真剣に考えたほうがよいかもしれない。

## もらい火で燃える鶏舎へ蝶ら動く　石膏偽卵は売れずになりぬ

古賀春江、速水御舟など、伝統的、またシュールな日本画家をコラージュしたような、第一章第五節「春蝶と」の第六首目である。形式面からいくと、mora-i-bi...moe-ru という頭韻がある。「もらい火」自体は、いまでは廃語だろう。「類焼」という固い漢語をいまは使わねばならない。歌集発刊当時（昭和四十九年）はそうではなかったのだろう。あるいは歌語としての文語ということもある。

結句の「売れずになりぬ」だが、これは「売れなくなりぬ」とは違う。「「売れず」になりぬ」は「売れない「状態」になっ（て困っ）た」ということで、単に鶏卵が売れないというより、非個別的である。それはともかく、この歌は、上句と下句の間に一字空きがあり、前者はやはり俳句のごとくにも読める。「蝶」の季語は春である。

放火でない限り、鶏舎から出火することはない。必然的に「もらい火」になるわけだが、蝶が何匹も、その炎に魅かれてゆくのが見える、という。「蝶ら」と、わざわざ、日本語としては熟さない「ら」という複数形語尾を使用していることから、何匹もたくさんいる、という事態を言いたいのだ、と想像される。よく知らないのだが、蛾や蝶は火のまわりを舞う習性があるのだろう。その際、炎から、もらい火で(＝引火して)焼死するのかどうかが気になる。そんなに愚かではないという気もするが、滅びの美学ということもある。

そういうことがある、と文学的に規定すれば、生物学的事実はどうでもよい。実在しない一角獣が出てくる西洋文学、絵画はいくらでもある。ここでは、燃え盛る鶏舎に蝶が舞い、焼ける、と読みたい。焼け死ぬために舞う、ないし、舞ううちに焼け死ぬのだ。

下句はもうすこしむずかしい。論理を通せば、鶏舎が燃えなければ、石膏でできた鶏卵の偽物は売れた、ということになる。すると、鶏舎で産するのは、鶏卵ではなく、石膏の卵型模型である。では、この鶏舎に鶏はいないのだろうか。ここでは論理を追ってはいけないのだろう。そもそも石膏の卵という商品が、現実にはない(チョコレートの卵や真鍮製の卵は売られている——特に前者は欧州の復活祭に欠かせない)。あるいはこの鶏舎の鶏は石膏の卵を産んでいた、と考える。ファンタジーである。この解釈がもっともましかもしれない。

## 永遠を集合させて飾りたてた床屋からのみちのりがわめくほど長い

第一章第八節「ゆうがた」の二首目である。本歌集は、開くと、両頁にわたって、十六首から十八首の歌が、あまり行間を空けずに並んでいる。そういうレイアウトは別にしても、あらためて作者は多作である、と思う。

溢れるように、という形容がぴったりである。本歌集の歌数なら、活字の数から言えば、軽く短編小説ぐらいにはなるのではないか、という気もする。なぜ小説を書かなかったかはわからない（原稿を隠している可能性もある）が、作者の才能をもってすれば、シュールな作品が書けるのではないかという感じがする。

いまここで、私は、短歌より小説のほうが生み出すのが困難で、いわば次元が高い、という前提を立てている。明治時代から、歌人はほかの文学ジャンルを羨ましく思いすぎる、などとも言われる。密かに歌人が恐れている事実は、短歌など大したことはない、という意見ではないだろうか。短歌は中学生にも作れるが、小説はそうはいかない、と言われることがあるが、最近の小説の賞の受賞者には、戦略もあるのだろうが、高校生、大学生もいる。読んだことはないのだが、あんな身のまわりのことでいいなら書ける、と言えないところがつらい。決定的に次元が違うような気がするのだ。そして、書き始めてしまったら、一線を超える、ないし狂気に近づくような恐怖感もある。

いつか作者が、不動護摩の厳修の仕方について、すこしだけ教えてくれたが（「越三摩耶」ではない程度だと思う）、真言僧は不動明王と一体になっているので、護摩が終わっても離れず、一体のままだと、その行者は一種の狂気に陥ってしまう、という趣旨のことを言っていた。私にとっては小説がまさにそういう感じである。

なかにし礼が、初めて六百頁を書き終えた時、自分は小説家になったと思った、と語っていたが、残念ながら、歌人とは、エネルギーも時間も桁が違う。瀟洒なシャンソンなどを訳していた時の彼とは重みも変わっている。わたしには小説はたぶん書けないだろう。作者も、これからも書くことはないだろうが、本歌集にかかわっていた時期（三十四—七歳）には書けたかもしれない、という大きなエネルギーを感じる。

本歌の眼目は、もちろん、平仮名が連鎖される「みちのりがわめくほど長い」である。ここに短編が隠れているだろうか。

## 武器店舗うらがえし手袋で陽をつかみまっ正面から見据えるは誰れ

第一章第八節の五首目である。この作者には、憂愁を帯びたシベリウスがよく合う。モーツァルト的な軽み、躍動感はなく、北国の重厚さがすべての歌を支配している気がする。チャイコーフスキーの悲劇性・泥臭さといった旋律は稀少で、やはりシベリウスあたりがいちばん近い、と思うのだが、まあ反論もあるかもしれない。

本歌は、韻律的に、上句ではいっきに読者を奔らせ、下句でゆっくりと落ち着いて引き締めるタイプのものである。五・五・五・五・七・七、あるいは、五・十・五・七・七、と分節されるだろう。いずれにしても、最後の七・七は、よく一首を締めている。どうも、結句が字足らずの歌は、人を不安にさせてよくない。

初句の「武器店舗」は、日本にはまず実在しないものだが、浦和に、たしか猟銃店があったのを覚えている。それを武器店舗という表現にしたとしても、歌なら十分に許容範囲であろう。その武器店舗ということばを作者がまず思いついて、そこに、かつて見た落日、シュールレアリスム絵画、神話、などの記憶が重なり合って、一首が成立した可能性がある。「陽をつか」むのだから、かなりスケールは大きく、少なくとも、太陽系レヴェルだろう。旧約聖書「創世記」あたりのイメージがコラージュされているようである。ちなみに、一首前の歌は、

夕焼けは鬼の児の眼玉瞳孔のちりぢりの星たちのしなやかな殺し唄

というもので、どうも禍々しい（目を覆っても見え、耳を覆っても聞こえてしまうような極悪非道・陰惨な事件が続く日本の日々において、たとえ影響力がなくとも、歌がこれに加担するような気配を示すべきでない、と私は、最近、思うようになってきている——列島に放たれる言霊の力を畏れるからである）。

夕日が両歌を柔らかくつないでいるが、これらの歌は歌集十四頁から始まる「ゆうがた」という節にある。ある神道家の解釈では、「夕」は「結」であり、二つの世界をつなぐ、ということらしい。夕日が死ぬ、という表現もないことはない。見据えるのは、神しかあるまい。

## 天を擦りなかぞらを蹴る緋の丸太借りて来た午後に種雄山羊ねむれ

第一章第八節の七首目である。天を走る太陽というのは、インド・ヨーロッパ語族のイメージである。同じ太陽神でも、アマテラスは走り回ったりしない。ギリシャのアポローン、インドではスールヤ sūrya というふうに神格化されており、いずれも馬車に乗って天空を駆けることになっている。これは仏教にも取り入れられて、

日天 āditya という守護神となった。これと対になるのが、月天 candra である。「天部」には、水天 varuṇa、帝釈天 indra、火天 agni、梵天 brahmā 等がある。こういう神々は胎蔵界曼荼羅の一番外側（最外院・外金剛部院）に描かれている、などということを作者はすべて知っている。

「なかぞらを蹴る」は難しい。太陽神の乗っている馬車の馬（スールヤは七頭立馬車に乗っている）が暴れている可能性もあるが、神自身が蹴っているほうがイメージ的におもしろいだろう。「緋の丸太」に「日の丸」が含まれることを、もちろん作者は織り込みずみである。「日」と「緋」は、言語学的には無関係である。同音でも、前者が訓読み、後者が音読みである。「緋」は中国語学的には「翡《ひ》」と同語源で、目の覚めるような色、という共通項がある。

ただし、それは言語学という、文芸には無縁の理屈の話であって、現に「日」と「緋」が同音であることに変わりはない。この一首では、それがかなりの役割を担っている。日本の子どもは太陽を真赤に塗るが、西洋の子どもは黄色だと思っているという。そもそも国旗の円が真赤ではないか。大人も赤だと「認識」しているのだ。実際、科学的にスペクトルがどうのこうのではなく、いかに見て、感じ取るか、認識するか、が重要である。われわれには「赤」なのである。そして、信号は、いくら西洋人が御託を並べても、緑ではなく、青、だ。

空から降臨、ないし、躍動、という舞台設定から、下句は、修辞上、一転させて「静」、山羊といえば、しかし、やはり西洋的象徴である。ヤギといって、彼らがまず考えるのは、「好色」だ。こういうイメージを持ってくる時の作者は日本人離れしている。英独仏伊露の辞典を引いてみると、ろくな意味がないことを見るであろう。「種雄山羊」という語があるのかどうか知らないが、造語であればおもしろい。「種」と「雄」が重なるので、冗語法 pleonasmus かと思ったら、グーグルで検索すると、けっこう出てくるのに驚く。西洋では跳ね回っているイメージの山羊を、作者は眠らせてしまう。しかし、頭上では太陽がぎらついている矛盾が素敵だ。否、山羊の荒れ狂う内面を象徴するなら、矛盾ではないだろう。

## 手のとどく位置にあるはずの河にむかい星祭りの黒いポスターをなげる

第一章第九節「夜」の五首目である。夜だから、河の姿は見えない、ないし、うっすらと闇に沈んでいるはずである。ちらちらと対岸の明りが見えている可能性もあるが、いずれにしても、はっきりとは見えない、ということを、二句の「はず」が表している。ポスターも黒いので、何も見えないことになる。険悪だ。

「星祭り」は、密教系寺院で行われる「星に除災求福を祈る行法・法会……わが国では平安時代より諸寺院で行われ、また宮中の正月四方拝や民間の行事にも取り入れられた。今日では春の節分に行われることが多い……道教や易、陰陽五行説などとも複雑に習合しながら成立してきたと考えられ、また修験道においても重要な行法の一つとされている」（『岩波仏教辞典』）

そのポスターを見えない河に投げ捨てるのである。異様かつ冒瀆的だ。しかも、作者の実家は真言寺院であるから、星祭りは貴重な収入源であった（と思う）。私のところへも高野山の寺院（百以上ある）の一、二から星祭りの案内が、たぶん前年の十一月には届くのではないだろうか。年越しの資金になっているのは明らかである。

あまり檀家もないだろうから、当然のビジネスである。私が住職だったら、やはり盛大にやるだろう。在家のわれわれにしても、除災招福をプロの行者に厳修してもらい、穏やかに旧暦の新年が迎えられる。

その祈禱済の御札には「羅睺星」「計都星」「月曜星」などと書かれているはずである。こういう「星回り」に私は懐疑的だが、星祭りの原理は密教経典である『宿曜経』にあり、「それぞれ人がもつ星は北斗七星・二十八宿・九曜星・十二宮・北極星の仏様方につかさどられ、その仏様方を供養」する、と高野山の、ある寺院のホームページにある。

作者は、そういう星祭りの案内を見えない川の中に投げてしまう。川に落ちて流れようと、岸に落ちようとかまわない、どうにでもなれ、という嫌悪感もある。俗に流れる真言寺院を批判しているとも解釈できるが、それは身内からの改革の声であったかもしれない。僧籍の有無は知らないが、後一歩で尊父を継ぎ、学僧として生きる可能性もあったのではないか。作者に星祭りは俗に過ぎるらしいのはたしかである。

## 標本箱からぬけ出した昆虫の背の針と岩木山を結ぶ大きな虹だ

第一章第十一節「昼」の第七首目、最後から二首目である。といっても、一首の重みが減少する類の連作ではなく、歌は一首一首独立している。前後を読んでも、読まなくても、ある一首の理解にあまり影響がない、という構成である。「連作」についても、数多くの議論がなされてきているが、実作においては、そういう評論、歌論が影響を与えていないように感じる。

「岩木山」は、津軽富士と呼ばれ、天台密教や熊野信仰と関わりがあるらしい。したがって、作者の生まれ育った真言寺院とも、無縁ではないことになる。距離は近くはないが、見当違いに遠くもない。星祭りの時などに、毛皮を身に着け、山伏姿の真言僧が屋外で法螺を吹き鳴らしながら護摩を厳修するが、山岳信仰、修験道がああいうところに生きている。

その広大な岩木山と、ミクロの世界とまではいかないが、極めて小さな昆虫採集の対象となった昆虫の標本の針、その間に虹がかかっている、という。結句「虹だ」は爽快である。巨大なものと微細なものの対比、対照、それを、まるで現実味のない、触ることもできない虹がつなぐ。

虹というのは不思議なものである。不思議な現象ではないが、「もの」と捉えると、不思議だ。たぶん虹へ近づくと、もはや虹ではなくなってしまうだろう。離れていないと、光の加減で七色にならないだろうから。あるようで、ないのが、虹である。それを、本歌において作者は、厳然と実在するように思われる二つの、しかし、スケールがまったく違うものの間につないだ。それがおもしろく、非凡である。標本になるほどの昆虫は、美しいものが多いが、たぶん、この甲虫(と思われる)昆虫の背中は、玉虫や兜虫のごとく虹色に光っているのではないか。それを見て、大空の虹へと、作者が詩的連想を解き放った可能性もある。

## 竜巻の予報を持って谷の村へ横縞のシャツが崖からおりる

第一章第十二節「崖のある村」の冒頭歌である。次歌は、

摑んだものを離さないようにして崖を滑り転生のことをくちばしりたり

で、この節全体は何とはなしに連続した気配を感じさせる。しかし、その気配は何とはなしのレヴェルを超えるものではなく、かすかなつながりにすぎない。「崖」というキーワードを展開させるとこうなる、という実験作とも言える。あまり特色のない主旋律を鏡像にしたり、反転したり、伸縮自在に展開し、重ね合わせた「フーガの技法」を思わせるところもある。

二首目の「摑んだもの」は「文脈」上、たいていの読者は、「竜巻の予報」ではないか、ととるだろう。現実にはあり得ないものであったとしても、これを村人へ届ければ、多くの人命や財産が無事で済む、という装置に投げ込まれているので、抵抗がない。

「谷の村」は、節全体の雰囲気から、チベットか、ネパールあたりの仏教徒の暮らす所を想起させる。作者は、あのあたりの仏具・仏像を所有しており、おそらく写真集なども多く蔵書にあるだろう。入竺したという話は聞いたことがないが、霊能もあり、イメージ力の強い人だから、眼前にありありと虹のかかった谷が浮かんでいたのではないだろうか。二首目の「転生」が、表現されていない「輪廻」を読者に思い起こさせる修辞として機能

している。よく読むと、仏教色が非常に濃くなってゆくのが作者の特徴でもある。三首目は、

載せたものがこぼれないようにして崖を登る　私に似せた他人のあたま

で、「竜巻の予報」は、ここでは「載せたもの」と変換されている。大空から、自分が自分を見ている、という構図であろう。冒頭歌「横縞のシャツ」はここまで生きのびて、視覚的効果を牽引しているようである。

## 売れ残りの桃を橋からすてている花火の夜ふけの風邪引き男

本書では、私が好き勝手に歌を選び、好き放題なことを書いているから、ほかの人なら選ばないような歌が選ばれ、ほかの人が選ぶような歌を選んでいない可能性がかなり高い。もちろん、天の邪鬼的に、わざと人が取り上げそうにない歌を選んでいる、ということはない。

本歌（第一章第十三節「膝に棲む蝶」第七歌）はどうであろうか。結句の、やや言い放った感じに難がある、と言う人が現れそうな気がする。しかし、それを相殺する魅力が第四句までにある、と私は思う（原文では「桃」が「挑」と手偏であるが、明らかに誤植であろう）。構造的には、逆三角形で、結句にすべてが収斂してゆ

くタイプの歌である。したがって、結句は作者の意図的な肩透かしである可能性もある。基本的に、作者はクールで、シャイである。結句で、やや横に逸らしてしまった感じである。しかし、それが作者の粋な美学で、土臭くなく、洒脱なのである。

桃は古来、邪気を祓うとされていたが、それを捨てる、というのは穏やかでない反面、何かしらユーモラスな行為にも感じられる。悲壮感といったものはないだろう。余裕があって、もはや邪気を祓うという要素はすっかり忘れ去られているように思われる。「桃太郎」の惹起する桃の力は、ここでは無縁である。捨てられて、橋から川へ落ちてゆく桃。二つ、三つ、重なって、離れて、落ちてゆく桃がスローモーションで見えた読者に対して、本歌は成功した、と言えるだろう。作者の故郷は桃の名産地であるから、幼児体験の映像である、と考えてもよい（考えなくてもよい）。

昔の子どもにとって、食べ物を捨てる、ということは罪深いことである。私の年代でも、とても食べ物は捨てたりできず、目がつぶれると言われて育ったので、米は一粒も残さないであろう。商人はそんなことは言っていられない、が、やはり罪深い、というメッセージもあるかもしれない。

「花火の夜ふけ」は「夜ふけの花火」と同じかというと、同じではなく、後者は、大晦日のヨーロッパ以外はあり得ないから、花火(大会)の(あった夕べの花火が終わった)夜ふけ、の意味である。おそらく、見物客が買ってゆく、というあてが外れたのである。やはり、悲哀とユーモアの歌であろう。

# めくれたまま持ちあがって燃える焔からわずかの位置で凍結の音する

第二章第一節「風が濡れる」の冒頭歌である。炎を「めくれたまま持ちあがって」というのは秀逸な写生である。たしかに火力の強い炎はそんなふうに見える。火というものは描写が難しい。絵画でも、ドゥ・ラ・トゥールのような画家はいるが、炎そのものを描くのは大変である。まさに光源そのものなのだから。子どもにロウソクを画かせたら、きっと太陽と同じように、よく観察せずに、先入観で赤い炎を画くだろう（西洋人なら黄色に塗るかもしれない）。

短歌でも、日常では無反省に使用されている語・句・表現を徹底的に反省し、破壊し、再構成する必要があるだろう。歌の中に、緑したたる、とか、したたるような緑、などという常套句を使うのはどうかと思う。

作者の場合、どうしても密教の香りを感じてしまうのだが、護摩の炎も激しいので、めくれあがっているように見える。「柴灯護摩供」といって、屋外で厳修される護摩はなおさら、そうである。凍結の音は、たぶん誰にもよくわからないだろう。そもそも、「凍結＋音」が尋常でない。もちろん、作者は、この組み合わせがおかしい、ないし新しい組み合わせである、と考えて提示したにちがいない。

しかし、よく考えてみると、護摩の時、パチパチという乳木の燃える音がするが、あれは氷などが立てる音に似ていなくもない。温度的に正反対のものが、類似した音を出すのを、作者は、護摩壇のうしろで聞いたのかもしれない。すると、これは、発見の歌、という解釈をせねばなるまい。それは読者にまかされている。護摩を見たことがない人にはわからないし、そもそも焚き火でも、同じような現象は起こりうるだろう。したがって、本歌の眼目は、紙、布などに用いられる動詞を、火に応用したこと、火の立てる音が氷の立てる音と似ていることに思い至ったこと、の二点であろう。

修辞的には、上の句にマ行音が多く（mekure-ta-mama moti-agatte moeru）、粘着的に進行する一方、下の句の「凍結」で一気に冷却される印象を与える、対照の妙に成功した一首である。

## 粥炊けば弓なりの道あらわれて　笑うと一度に涙が出て来る

第二章第一節「風が濡れる」の五首目である。初句は非常にクラシックな響きがする。『萬葉集』巻五・八〇二、山上憶良の「瓜食めば子ども思ほゆ　栗食めばまして思はゆ」あたりが通奏低音として流れてきてしまうからかもしれない。

この初句と第二句のつながりに明らかな因果関係はない――つくづく、日本語の「ば」は便利な語だと思う。粥炊けば地球が割れて、でも、粥食めば山が噴火し、でも、形式上、つながらない句はない。意味が通じるかどうかは別として、どうとでも展開できる。ただ、本歌の場合、「粥」と「弓なり」が無関係というわけでもなく、何となく柔らかい感じを共有することによって、かすかにつながっていると言ってよい。仮に本歌が一字空きを持たないとすると、「粥炊けば弓なりの道あらわれて笑うと一度に涙が出て来る」となるが、何か効果上の差異はあるだろうか。この場合は、一字を空けることによって、時間の経緯が示唆されていると考えるのがよいだろう――粥を炊くと、(なぜか)弓なりの道が現れ、(なぜか)おかしくなって笑うと、(なぜか)どっと涙が出てくる、のである。どっと出る涙が出現するには、過去や前世に蓄積された思いがなくてはならない。

考えてみると、下句の表すようなことは、皆無ではない。しかし、「粥」の重さが、やはり重たいのだと思う。日本人の心象風景にべったりと、重く存在する「粥」というもの。米、飯より、何か重いもの。ウエットなもの、情に訴えるもの、日本人の遺伝子にすり込まれている、とでも言いたいようなもの、それが「粥」である。本歌に溢れるのは、論理や因・果(=原因・結果)といったものではなく、あるのはひたすらに感情の爆発と言える。「粥」や「弓なり」の柔らかさもあるが、意味的にも本歌は曲線的である。初句のクラシックな感じも、一首全体が上下左右に響きあってもたらす感じであろう。湿り気の多い日本の歌である。乾いた西洋論理的なもの、硬質な抽象を構築する歌が多い中、本歌集中では、少数派である内的論理、否、内的非論理を胚胎した歌であると言えるだろう。じつは、作者の内側、最深部にはこうした湿り気の多い部分が厳然とあるのだと思われる。

# てのひらのくぼみも月につかまってわかりきった路地を明日へ歩むか

第二章第二節「不倖せな月」の第二歌である。「てのひらのくぼみ」がまずおもしろい。多忙な現代人の盲点となるディテールである。啄木のように暇であった人なら、じっと手を見る、などと言って嘆く暇がある。美輪明宏先生の卓見を引こう――。

「人並みに働いていたのでは、人並みか人並み以下ぐらいにしかならない。人並み以上になりたければ、人の三倍ぐらいは働かなければならない。それが鉄則です……だけど石川啄木ではないけれど、〝働けど働けどなおわが暮らし楽にならざるじっと手を見る〟という人もいます。これには「働いてないだろう、おまえ」と言いたいのです。人一倍働いてごらん、じっと手を見なくたってすむんだよと」（『ああ正負の法則』、五十五頁、パルコ出版）。

歌と何の関係があるのか、と言う人がいるかもしれないが、短歌というのは、妙に慰撫する力があって、だめな自分を正当化する、とまでは言わないが、ナンバーワンでなくてもいい、オンリーワンになろう的な人生を肯定するようなところがある。政財界の大物が啄木を愛読しているというのは、嘘ではないだろうが、跡取り息子に啄木を勧めるだろうかと思ってしまう。その人の人生は啄木と正反対であったにちがいない。

作者は実社会にいながら、「てのひらのくぼみ」を見る時間があった。「くぼみ」は、プライヴェートな、私的な、個人的なものの象徴である。それが大きな、遍在して見える「月」に捕捉され、個の人生が歩めなくなる（＝わかりきった路地を歩む）、という比喩である。考えてみれば、組織人であれば、個人情報は、借金残高、収入、病歴や性格や性癖に到るまで、すべて把握されている（らしい――特に人事部あたり）。本歌の当時、個人情報などという語はなかったが、それを「てのひらのくぼみ」という象徴的な比喩で写し取ったのが、手柄であろう。

## わたくしが崩れる時の月の彩を思いついてくれるやさしさを拒む

この歌の眼目は、「崩れる」「拒む」という禍々しい二つの動詞だろう。第二章第二節「不倖せな月」の第三歌である。「崩れる」は、物理的に、倒れる、という意味にもとれるし、より壮絶には、精神が崩れる、気が狂う、ともとれる。「わたくしが」と、「われが」ではなくて、礼儀正しく、正統的に、客観的に、よそ行きの一人称単数代名詞で切り出したところが、崩れ、拒む、と不気味に響きあっている。

わたくしが崩れ、その崩れたわたくしを助けてくれるわけではなく、無関係に、人間の愚かな活動を他人事のように(ほんとうに他人事なのだが)、ずっと見下ろしてきた月の色を思いついても、そんな人がやさしいわけではない。作者はそれを、やさしい、と感じる。(やさしくしてもらった経験が少ないのか)とも思ってしまう。しかし、そのやさしさを、作者は要らない、と言う。ストイックで痛々しい。知識人の悲劇である(と思う)。

作者は、自分が崩れるときの様子を、客観的に俯瞰で見ている。ここにややナルシシズムがある。え、どうして?　と思う人は、よく考えてみる価値がこの歌にはある。英語の歌にも、If tomorrow never comes もし明日僕が死んで君が一人で生きていかなくてはならなくなったら、などと女性が聴いたら、嗤いそうな歌がある。

作者の芸が細かいのは、結句で、引っ繰り返してしまうからである。私はこういう結句のどんでん返しが好きである。ひねくれている、と大半の人が言うような気がする。どうして、こういう意外性、小気味よさを理解する人が少ないのかと思う。結句が、やさしさを「思う」だったらどうするのか。つまらない歌になってしまうことは明らかである。崩れてもなお拒む、というヒロイズムである。もともと、このやさしさには実体がない。言葉のレヴェル、実際の行為を想定していない、と言ってよい。言葉のアクロバットなのだ。

## ぶどう坐り牛乳が流れる坂を登りでっくわした月と瓦のしめり

第二章第二節「不倖せな月」の第四歌である。第四句の「でっくわした」はやや奇異だが、でくわした、の意味だろう。衝突感、唐突感が、促音のもつ効果である。

葡萄と牛乳、で連想するのは、ギリシャ神話の「ピレモンとボーキス」の話だろう。メルクリウスと老人が宿を断られ続け、やっと貧しい老夫妻の家に宿泊することになる。そこで、メルクリウスが牛乳を飲み干すと、空の壺の底からさらに湧き上がってくる。葡萄は、庭にある貧相なものだったのだが、メルクリウスの前に出すと、芳香を放ち、糖度を増す。宿泊を断った村は、翌日、湖となって水没し、老夫妻は願い事を許される。そして、どちらかが先に死ぬのではなく、同時に天寿を全うできますように、という願いが叶えられる、という良い話である。

初句、二句はこのように西欧、しかもディープなギリシャ世界で、全体に枠をはめてしまう。「a land of milk and honey 蜜と乳の流れる地」というのは、『旧約聖書』の「出エジプト記」三章八節にある表現である。転じて、実り豊かな土地、安楽の地、を意味するから、連想はオリエント世界にも広がってゆく。作者が、このあたりの事情を知らなかったはずがない。装置として用いたのである。特に、葡萄はペルシャ、コーカサスが原産で、どうもあのあたりの香りがしてしかたがない。したがって、結句の瓦も、シルクロード的、上代の奈良的な、異国情緒のある瓦になってしまう。

この節は「不倖せな月」という枠組みがあるので、主題は月である。葡萄に霧雨は似合う。瓦にもうっすらと雨が光っている。月のしめり、はわかりにくいが、瓦や水たまりに月が映っている感じである。この月は坂を登る前には見えなかったのだから、地平線低くあるのだろう。すると、色は赤く巨大に見えたはずである。あの月も、日本情緒の、透明感のある、冴えるような「望月」とは異質である。こうなれば、瓦も土塀もギリシャ製にしてしまうことができるだろう。舞台は、エーゲ海である。牽強付会な解釈で、今回は、歌がどうにでも解釈できるということを、実験的に示してみた。

## 靴底にひりついた小さな月をはがし手渡して美しく抛れと頼む

第二章第二節「不倖せな月」の第五歌である。前川佐美雄的に空を一気に突き抜けた感がある。おそらく月光を踏んだのだろう。花弁などの暗喩ではない、と思う。月が小さくなって、靴底に張り付くことはあり得ない。しかし、この前提を認めると、つまり、靴に張り付くことがあり得る、と仮定すると、それを剥して、人に手渡し、抛るように頼むことはできる。したがって、本歌はナンセンスではなく、前提がシュールなだけである。ためしに、「小さな月」を「小さな石」に変えると、かなりまともで、詰まらない歌になってしまう。つまり、「月」であることが、この作品を支えていることがわかる。隣の歌は、

## コンパスで移した月を薄い色で染めてから暗い酔いに気付いた

で、歌の構造は同じであり、あり得ない前提と、十分にあり得る帰結、となっているであろう。もう一つ、本歌でおもしろいのは、「抛れと頼む」である。自分で抛るのではなくて、頼む、というのが、やや変わっている。これは「美しく」という形容がこの語を引き出してくるのであって、自分で美しく抛る、とは歌えないだろう。

それにしても、どうして月というものは、その上で兎に餅をつかされたり、西洋では蟹が棲んでいたり、越路吹雪は「明日は月の上で」などというシャンソンを歌ったり（この原曲はサルヴァトーレ・アダモ作詞の《A demain sur la lune》である）、好き勝手に、あり得ないことを言われてしまうのだろうか。西洋でも、インドでも、日本でも、中国でも、古代から近代に到るまで、月を歌った詩は数多い。太陽、まして他の惑星より詩心を刺激するものであることはたしかである。

サンスクリットで「月」を表す語は、じつに百数十個あるが、sasin を始め、「兎をもつもの」という意味の語群が六、七ある（おそらく、もっとも頻度の高い語は candra であるが）。日本の月の兎もインド起源かもしれないが、インドでは餅はついていない（と思う）。

本歌はそういった、月にべったりとまとわりついている因習、類型、伝統といったものからすっぽりと脱出し

て、すっきりと、詩的なものそれ自体を表現し得ている。月のような材料は嫌というほど歌われているので、それがなかなか難しいものであるが、本歌は成功していると言えるだろう。

## さびしさの限りあることに慣れた奴が何枚か書いた極彩の絵葉書

第二章第四節「去年ホークシティにて」の第一歌である。一読して、「奴」は「我」であることがわかるだろう。短歌は一人称が圧倒的に多いが、それは歌謡曲でもそうである。藤山一郎が、戦前の、三人称で客観的に情景描写する歌がよい、と言っていた。そういえば、「青い山脈」、「東京ラプソディ」その他、多くは、俺が俺が、という歌ではない。淡々と、悲しみも、喜びも、傍観者的に歌う潔く美しいものであった。

自分を三人称で記述する、というのは、自分を見るもう一人の自分を、上のほう（だと思う）へ置くということである。埋没しないで、演出家が舞台を見るように見るのである。美輪明宏先生が、芸術作品に必要なのは冷たい理知だ、と言っていたが、演出、俳優もそうらしい。情熱ではなく、計算した演技、演出が重要である、と。ためしに、本歌で「奴」を「我」に変えると、実質的に「奴」=「我」とわかっていても、字面が変わることによって、歌の性格もすっかり変化してしまう。自分を突き放すことの功徳がよく見てとれるであろう。

作者はティベット仏教、文化、芸術にも造詣が深い。曼荼羅も、コピーではなく、本物を所有している可能性がある。極彩色の曼荼羅、タンカ、涅槃図とか、そういうものを書斎において、イメージして、絵葉書にするのであろう。私は作者から地味な絵葉書しかいただいたことがないが、きっとそうだろうと思う。あるいは、人には出さないで、保管・鑑賞用の絵葉書があるのかもしれないが。

限りない寂しさ、という詩句は、どこかにもありそうな気がするが、本歌の、限りある寂しさ、はちょっと変わっている。限りないことには慣れようがないが、限りあれば、境界が定まっているので、慣れることもできる、という理屈にはなっている。すると、寂しさの極限を作者は観てしまったのだろうか。それは極めて寂しいことだ。やはり、作者の歌の理解者は少ないかもしれない。

ルネサンス期フィレンツェの政治家グイッチャルディーニは、高度な知性は人を不幸で不安にする、と言った。紛れもない知識人である作者の寂しさは、なかなか理解しがたい性質のものである。

## ねむられぬ夜に耐えてなお霧は退かずぽかっと割れる月面儀あり

一九六九年に月面に人類が初めて到達して石を持ち帰ったりした、とされている（あれはハリウッド映画だと思っている人がいないわけでもない）。ジャンボジェット機が就航したのが、その翌年である。科学技術的には、順序が逆のような気もする。

閑話休題、「月面儀」は、いまあまり関心もなく、見ることも少ないが、当時はアポロ十一号の模型などとともに、よく出回っていたらしい。

時事詠でなくとも、本歌のように、一時的に流行したものを小道具として取り込むと、時事的影響を気づかないうちに受けてしまう。このように時代の刻印が知らない間に押されてしまうのは、避けがたいことかもしれないが、恐ろしい——自戒したいところである——普遍性から遠ざかる、ということを意味するからである。ある作家が、登場人物にAとかBとか、記号で名前をつけており、それは時代の風雨に侵食されないためであったという。日記がわりの歌なら時代のスタンプは必要であろうが、作者は、芸術家であり、普遍性を志向していたことには疑いがない。抽象短歌であるなら、なおさらそうである。一般化、抽象化というのは自然科学でも志向されることだ。

本歌では、眠れない夜が霧と関係づけられている。インテリの作者には眠れないことが多いだろうと思う。労働に疲れ果て、麦酒を飲んでバタンと眠ってしまう生活とは無縁だ。寝床で読書し、思考し、安眠できないことの繰り返しだったのではないか。それに耐えると、月面儀が割れる、というのが非現実的である。割れて、煙が出てきそうな気がするが、それと霧は響きあっている。

「ぽかっと」というような擬態語が作者にはいつも頻出するが、一見、知的な作者にそぐわない感じもする——英国の上流階級の言語は、むしろ一つ隔てた労働者階級のことばに近い、というような図式と同じかもしれない。

## ことばたちくだけちるあとに欅《けやき》ひとり冬空と夢に溶けじとあらがう

第二章第五節「冬欅」の冒頭歌である。初句・二句および結句が、ほとんど平仮名表記である。したがって、第三句の、画数の多い「欅」にハイライトが当たる効果が生まれている。しかも、「一本」ではなくて、「ひとり」であるのが変わっている。作者の場合、変わっている、といくら言っても、言い過ぎることはないから、あまり意味がないかもしれない。すっと読めて、ああそうか、という平凡な日常詠はほとんどないのだから。

欅という木は、言われてみると、寺山修司にも、勝ち誇った欅、という趣旨の歌があるように、垂直で、手が絶対に届かないように、超然と立っている。ちょっと取りつく島がない、といった感じのたたずまいである。いったいどのように手入れをするのだろうか。消防のはしご車が必要ではないかと思う。と、かくまでに欅という木は、特殊で、抗ったり、勝ち誇ったりしているように、人間の目には見えてしまう。

本歌の場合、「ことばたち」が砕け散ったあと、というのだから（「ことばたち」という複数形が、うまい具合に翻訳臭を生んでいる）、ことばがまるで、実体を持つものであるかのように、星屑か、枯葉でもあるかのように、欅のまわりを浮遊している演出がある。音的にも、

kotoba-tati-kudake-tiru-ato-ni-keyakihitori

というように、イ列音が畳みかけられている。普通は避けることだが、作者は意識的に行なっており、欅とことばの一体感を生み出す効果、言葉が砕け散る＝言葉の通じない世界の創出の効果を上げていると思う。

夢は非現実的で、非合理で、反理性的である。「言葉（＝ロゴス）」の世界とは反対だ。ことばが通じない世界

となっているわけであるから、それは夢の世界に通じる。欅は、理性的、言語的でありたい、と望み、反理性の夢と関わりたくない、という。と、このように読んでくると、欅は、作者自身と大いに重なるところがある。作者の、ことばへの信頼は、かなり強かったと思うし、作者ほど理性的である人は、なかなか歌人には珍しい。ことばが力を失った場に作者が居あわせて、そこに染まらないようにしている、と考えたいと思う。

## 欅ねむれ　樹の芯の朱にいまとまる痛みの白いひかりのゆらぎ

第二章第五節「冬欅」の第二首目である。時折り見かける構造であるが、カメラがだんだんとアップになって、全体からミクロへと凝縮してゆくのがわかるだろう。図式的には、結句に向かって逆三角形という感じである。日本語固有の特色と言ってよいが、第三句の「とまる」は、「痛み」にかかるのか、「ひかり」にかかるのか、最後の「ゆらぎ」にかかるのか、形の上では、つまり文法上は、区別がつかない。これは、むしろ韻文という文芸においては、貴重な利点である。何でも黒白つけたがる陰影のない外国人には、融通無碍の玉虫色で何が悪い、と言いたい。『古今和歌集』高野切《こうやぎれ》第一種では、表記の上でも、解釈が一通りに限定されないような工夫が見られるという。われわれは意図的に曖昧にしてきたのだ。

話はずれたが、冬の欅の芯は、切らない限り誰にも見えないはずである。作者は心眼で見たのであろう。言われてみると、あの高い木の中心が朱色であったとしても違和感はない。二句目以降は、形といい、色といい、概念といい、わっと一気に異質なものを、逆三角形の枠組みを維持しながら集めたような構造になっている。修飾関係も、上述のように、錯綜している。もちろん、意図的な修辞である。

形式と意味の関係はなかなか難しい。印象にすぎない、と片付けることもできる。ア列音は明るい感じがすると言っても、それは「感じ」にすぎないであろう。この修辞の効果は、その形式どおり、混乱感ではないだろうか。それが、初句の「ねむれ」という命令法と正反対の響き合いをもって、互いを補色のように引き立てている。心の中は混乱していても、眠れ、落ち着け、というように、やはり欅は作者を指しているように思われてならない。

## われよりも泣虫の子と冬の海へ横切る星野のはてのはためき

作者が、親子関係や純粋な情景の美そのものを歌うことは珍しい。本歌は第二章第六節「星胚原野」の第二首目である。母、父、子、吾子、娘、子供、といった親族名称がこの節には溢れている。危うい感じの父子が、厳冬の日本海(と考えたい)で、澄み切って不気味なほどの満天の星を見ているのは、かなり壮絶である。結句の「はてのはためき」はおもしろい。普通なら、はてのきらめき、あたりだろう。おそらく、頭韻の必要から「はてのはためき」にしたのだろうが、「星野」がはためく、という詩的な表現は、単に綺麗な星空ではなく、父子の、揺れる精神状態をも示唆していると思う。

令息と山形県に里帰りしたのかどうかは、わからないし、歌の解釈と関係があるだろうか。背景を知ると、まったく理解が変わってくる歌も多い反面、白紙状態で考え、背景を知らないままでいるほうがよかった、ということもある。

歌は独り歩きすると言われるが、作者の意図と無関係に批評されるのは、どうなのだろうか、と考えることもある。好意的な批評であれば、いわゆる買いかぶってくれているということで、作者も黙っているかもしれないが、誤解されて酷評されたら、きっと黙っておらず、反論するだろう。言い換えると、誤解していても好意的な批評なら解釈間違いだと作者は言わないかもしれない（私なら、じつは違うんですが、と白状するが）。

また、話は逸れたが、作者に令息がいることを知っている私としては、会ったことはないにしても、三十四歳から七歳の作者が、小学生(にちがいない)の令息と歩む砂浜が心に浮かんでしまう。未知の作家のように、無条件では読めなくなっている。

上述のように、この、夜の海と空は壮絶極まる美と闇である。そもそも冬の浜辺に行くのがすこし変わっていて、何か危うく、尋常でないものを感じる。次歌を読むとわかるが、この壊れそうな父子の頭上にあるのは恐怖のオリオン座である。まったくあんな人工的な形状のものは、逆説的だが、ちょっと地上にはない。あの幾何学的で反自然的な、あの形が父子を迎える。すぐ泣いてしまう父子に対して、圧倒的な形と大きさで対峙する——。

# やわらかな梯子をかけて星に向う素足の母に蹴られてはならじ

第二章第六節「星胚原野」第四首目である。作者は幼少時に母を亡くしていると聞いたことがある。すると、「星に向う」が、比較的わかりやすい「死」の換喩ではないか、と思われてくるであろう。しかし一首前の歌は、

成熟の妥協を憎む父の肩でオリオン星雲記憶せしか吾子よ

であるから、連作であろうことを勘案すると、「父」が作者と考えられるので、この「母」は、作者の「妻」になる。したがって、母は作者の令息の立場から呼んだ呼称であって、作者の母ではなく、死にかかってもいない、と考えざるを得ないだろう。

「梯子」は縄ばしごであろうか。女性が蹴る、ことは常態ではあり得ない（現代では、蹴りそうな若い女はいくらでもいる）から、必死で星へ向かう様子、我が子をも省みる余裕のない様、の形容だろう。やはり、どうしても、死の影はつきまとう。親子の歌が溢れるこのあたりの一連で、本歌のみが、作者の母へとシフトしている可能性もゼロではない。

死にかかった者に蹴られる、というのが何の比喩かはわかりにくい。シュールな古賀春江（作者と同様に僧侶の子息であった）的なおもしろさがあるばかりである。しかし、蹴られないでついてゆくのは、後追いのような不気味さがある。蹴られたならば、地上に留まって生きてゆけるのではないか。蹴られてはならじ、すなわち、

しっかりあとを追え、という暗い意味にもとれる。次歌は、

　自裁出来ず果ての若者死を言わぬ娘をめとり十余年過ぐ

で、初句がそれを暗示しているとも読めるだろう。この若者が作者である可能性は高く、また娘は、死を言わぬ、すなわち、陽気で、楽観的な配偶者で、作者も大いに救われた、という言外の意味があるのではないか。大学教授の妻は、夫と違ってさばさばした人や、うじうじしたところがなくて、夫を押し出すプロデューサー役にもなる女性も多いが、インテリの作者にも同じ図式を読み取ることができる、と思う。深刻なインテリ同士の夫婦などというのは考えただけで恐ろしい。このあたりの歌には親族名称が錯綜し、血縁の業のようなものを感じさせる部分である。

## 隙間から入りこんで来る蟻のむれにたくさんの鍵をのりこえさせる

第二章第七節「蟻とトランペット」冒頭歌である。「蟻」はサルバドール・ダリに頻出する材料である。代表作の「記憶の固執」にも描かれているし、短編映画「アンダルシアの犬」にも本物の蟻が出てくる。作者が、こ

こで、蟻が持つに到った、こういう歴史的なイメージを知らないはずがなく、それを積極的に利用しようとしているのと考えるのが常識であろう。

蟻の特徴と言えば、狭いところからいつの間にか入りこんできて気持ち悪い、ということに尽きる。猫が、塀の隙間から入るのとは違う。本歌上句は、その、通例の情景を描写している。しかし、結句の、「のりこえさせる」の使役形が変わっている。作者が、蟻を「操作」しない限り、蟻は「鍵」を乗り越えていかない、という意味を下の句は前提としている。鍵を乗り越える、の象徴する事態もややわかりにくい。

「鍵」は、「かぎ」か「けん」という二つの読みを許すけれども、普通、「かぎ」は、それほどたくさん持っていないだろう。一方、鍵盤ならば、「けん」は、もちろん、たくさん並んでいる。黒鍵は盛り上がっているので、乗り越える、という表現に合っている。「かぎ」が非日常的にたくさんあって、それを蟻が越えてゆくほうがシュールであるが、鍵盤というのも、ダリがよく使う題材である（例「ピアノに現れたレーニンの六体の亡霊」）。したがって、ここは、鍵盤であろう。この節のタイトル「蟻とトランペット」とも呼応する。

蟻ならば、鍵盤を歩いても音は鳴らないだろう。しかし、つぎつぎと移動してゆく蟻の群れに、われわれは微かな音を感じとるのではないだろうか。作者が、「のりこえさせる」と使役形を使うのも、聞こえないほどの音を生むためではないのだろうか。ここで、蟻は隙間から一挙に広い空間へ出され、奔放に動く。作者は、それを誘導したい。誘導して、鍵盤を歩かせたい、という。

おもしろい発想であるが、夢の世界、いかにもシュールレアリスムの発想、フロイトの夢判断的世界である。ここで、蟻のフロイト的解釈はしないが、作者が、本当にこういう夢を見て、それを歌にした可能性はゼロではない、と思う。

# まがってもなんにも変らぬ道を通り楯にのって来た金色の破片《かけら》

第二章第七節「蟻とトランペット」第三首である。ここでは、節のタイトル「蟻とトランペット」が力を発揮している。このタイトルの枠組みがなければ、この歌の意味はわかりにくい。「金色の破片《かけら》」は、黄金虫などの昆虫の羽だろう。それを蟻が運ぶ姿に、作者が触発されて、上句を作ったのだと想像される。

下句は、「楯」「金色」というように、児童文学ないしファンタジー的な雰囲気があるが、上句は作者独自の逆説的な表現で、やや幻想性を理性が抑え込んでいる。曲がっても、何も変わらない。普通は、曲がると光景が変わるであろう。そこに知的なおもしろさが加えられているし、作者のニヒリズムのようなものも現れているが、同時にその裏には、ロマンティシズムも隠れている。

東北人は、人の力ではどうにもならない長い冬と雪を諦念とともに過ごし、春を待つ、と書いている東北人の教授がいたが、そういうことが作者の性格にもあるのではないか。待ちわびる気持ち、期待する気持ちとあきらめの気持ちの微妙な感情が同一人物に併存しているのであろう。

何にも変わらない、つまらない道を苦労して歩く蟻は、蟻以上の意味をもつものではないかもしれないが、作者は、蟻に同情しているかのようにも読めないことはない。「金色の破片《かけら》」は、あたかもその苦行を言祝《ことほ》ぐ小道具のようである。人間にとって何も変わらない道なのか、近視眼的にしか見られない蟻にとって何も変わらないのか、よくわからないが、おそらく前者だろう。何も知らぬ蟻は食事を運ぶのに懸命だ。何も変わっていないのに、という作者の憐憫に溢れた表情が見えるようである。

## 黒い刷毛で愛撫をうける頰の横を帆走して消える異人のむれよ

第二章第七節「蟻とトランペット」第七首目である。上句は理髪店の風景である。理髪師には、もちろん、「愛撫」の意識はない。しかし、ひげを剃られる側からすると、刷毛の動きは理髪師の手の動きに反して柔らかくうごめいて、まるで「愛」があるように感じられる。特にうら若い美容師の場合は、愛撫に近い動きをしているように見えないこともない。しかし、そこにあるのは人間ではなく、刷毛の動きという物理的なものが、偶然、生みだす人間的感情で、そこに意外性がある。

また、刷毛で撫でられている時は、目を閉じているだろう。目尻から泡が入りでもしたら、沁みて一大事だ。すると、さまざまな「妄想」が出来するものである。特に作者のように想像力が卓越している歌人の場合はそうである。本ケースでは「帆走して消える異人のむれ」だが、西洋人のヨットトレースなどを見た記憶とも考えられるし、作者に飛蚊症があれば、そのアメーバのような動きを帆走と描写した可能性もある。

歌の解釈は、残念ながら、クイズのようになってしまうことがある。本来は、何を書いているかと芸術的価値との間に関係はない。絵画でも、花瓶とか林檎とか、何が描いてあるかわかると安心するということがあるが、それも芸術とは無関係である。難しいのは、ことばは映像と異なり、何だかわからないけれども感銘を与える、という状況を生み出しにくいことである。書いたとたんに、ことばはそれなりの意味を持ってしまうから。

## ぬけがらのことばをつらね石をくぐり　天草四郎の朝になっている

第二章第九節「不在証明」の冒頭歌である。第四句の「天草四郎」が何といっても目と耳を引くだろう。本歌集は昭和四十九年出版であるが、天草四郎の生まれ変わりと言われている美輪明宏先生の『紫の履歴書』は、昭和四十三年に三島由紀夫の序文とともに出版されている（現行の版に、その貴重な序文はない）。本歌集出版の四年前にその三島が自死し、三年前には、丸山から美輪へ改名した先生にとって、激動の時期でもある。

美輪先生は、かつて日本画家を目指しており、自ら天草四郎を描いたが、それはいま、白亜の豪邸の二階からエントランスを見下ろしている（そうである）。そして、先生がいない時、二階をその天草四郎像が歩く音がする、という。このような重い背景を「天草四郎」は、それを知るものには担っている。

私は、作者が少なくともこの背景の前半部分は知っていたのではないかと思う。もしかしたら、銀巴里に通っていた可能性も否定できない。作者は伊勢丹新宿店に勤務していたらしいのだが、いま、この店舗に行けば、美輪先生がいる、と言われているぐらいのお気に入りらしい。何となくつながっているのである。

前置きが長くなったが、おそらく、歌の意味は、短歌を詠んだりして、実体のないことばを重ねて生きても、多少の苦労をし（＝石をくぐり）ても、庶民のために戦い、最後は火に飛び込んで自害した天草四郎に自分は遠く及ばない、行動していない、ことばだけだ、という知識人特有の述懐ではなかろうか。「天草四郎の朝」は、すぐれて抒情的な表現である。頭目が自害して、すべてが支配者側に奪われた蜂起の敗北の輝かしい光の朝。まだ朝もやに煙が漂っている悲劇的な朝である。

## 風呂敷に白い茸を詰めこんで地下街の花屋の硝子をたたく

第二章第九節「不在証明」の第三首である。昨今はまた、「風呂敷」が見直されているが、歌集出版当時ではいまよりも盛んに使われていた小道具である。どうしても、主語は我となるので、作者がこのキノコ満杯の風呂敷を右手か左手に持って、新宿の地下街にある花屋のショーウィンドウをたたく姿を想像してしまう（茸でクッションのようになった風呂敷そのものでたたくのか、空いているほうの手でたたくのかわからないが、たぶん前者だろう——そして、そのほうがおもしろい）。

かなり滑稽であるし、きっと怒られてしまうだろう。そういう良識や常識をもって作者の歌を読むと、ほとんど怒られそうなことばかりをやっているようにも見える。

しかし、それらは実際の佐藤信弘が絶対にやらないようなことばかりである。きっと、飛びたいけれども、善良な知識人という面が強く、飛べないということがあって、そういう芸術家的側面を、作者は歌に託していたのではないか。これは、自分の生活をそのまま写す日常詠とは対極をなすものである。歌に日常を持ち込まないというのは、単なる態度という問題ではなく、もっと深い哲学があることを知らせる。芸術家には常にアウトロー的な要素があるものである。

## ある日　死ぬ剝製屋の看板を盗み　珈琲店の扉を修理する　ある日

初句の三音と結句の三音が同一である。西洋の修辞学では、こういう技法を epanalepsis と言う。ギリシャ語で「繰り返し」の意味である。たとえば、

I might——unhappy word!——O me! I might

という、サー・フィリップ・シドニーの恋愛ソネット集『アストロフェルとステラ』第三十三篇に出てくる一行が、そうである。あるいは、inclusion とか、epanadiplosis と定義する場合もある――。

Ask me no more : the moon may draw the sea /……/Ask me no more

は、テニスンの“Ask me no more”という詩の一節であるが、名称はともかく、この修辞には、劇的にする、朗唱性を高める、といった効果がある。リフレインというのが歌にあるが、あれを、もう一段階、高次元にしたものだろう。

英詩の例を二例挙げたが、そこでは、同一の語は同一の意味である。しかし、本歌の「ある日」は、中身が違っている。同一の日ではなくて、ある日(四月一日)――ある日(四月三日)というように二日間になるだろう。

こういう偽悪的行為が、というか、犯罪なのだが、これは、作者のような知識人の持つ変身願望のようなものだということは、これまでにも確認したとおりである。カフェの扉を修理するようなことも、僧侶の令息であった作者には、まったく無縁な行為で、おそらくできなかったはずである。現実世界から離れて遊び、観念的に作った歌だろう。主語が作者でないとすれば、まるで盗んだ看板を利用して扉を修理するかのように読めて、いっそうおもしろいとは言えるけれども――。

# ふさのついた黒い衣裳で旗を作りめだまたちのむれとならんで歩け

第二章第九節第九歌である。第四句・結句、最後の一語を除いたすべてが平仮名表記であるのが目を引く。じつは初句もそうなのだが、あまり意識にのぼらない。一方、十四文字も連続すると、目立つし、視覚的効果も上がる。百歳を越えている老女は、二〇一二年九月の時点で四万人以上もいるが（男は六千人ぐらいしかいない）、双子で百歳だと、断然マスコミ的な価値を増すのと似ているようなところがある。

「目玉たちの群（れ）と並んで」と漢字表記にしないことによる効果は、この場合、何であろうか。以前に会津八一の平仮名表記の歌を、漢字交じりにしてみたことがあったが、八一の場合は、神職の白装束のようなものであることがわかった。脱いだら、案外、普通の人に見えてしまう。作者の場合は、そう単純ではない。本歌の場合は、おそらく軽くする効果であろう。ユーモラスと言ってもよい。ファンタジー短歌になるのだ。

だいたい、世間の人が歩く目玉といって想起するのは「ゲゲゲの鬼太郎」の父だろう。知識人の作者はそうではなかったかもしれないが、われわれ一般人はしかたがない。あのイメージがどうしても浮かんできてしまう。滑稽にならざるを得ないし、作者も意図的に軽い平仮名表記にしているのだから、言ってみれば、咎《とが》はあるのだ。

一方で、初句・二句は、高位聖職者的な響きがある。エリザベス女王が身に付けるガーター勲章の衣装も、そんな感じである。それを旗にリフォームして、目玉に持たせる、あるいは自分がもって共にパレードを行なう。崇高・神聖から低俗・卑近へ。結句は短歌に多い命令法である。この場合は違和感がない。それは平仮名のユーモア喚起が命令の強引さを中和する効果を持っているからだろう。

## あなたなど知らない街区に迷いこみ模型機関車の汽笛をならす

第二章第九節「不在証明」第十六歌である。「街区」を和英辞典で引くと block、和伊辞典には isolato と出ている。要するに「ブロック」だから、あまり日本的な概念ではない。平安京、というか、京都は、一条、二条、三条、という街区に分割されているだろうが、あれはもちろん中国の都市の真似で、土着のものではない。

「模型機関車」は、たぶん作者の時代だから、ドイツの高級なメルクリン社だろう。汽笛が鳴るものがあるかどうか知らないが、精密なドイツ製のことだから、きっとあるはずである。日本製にさえ煙が出る汽車があったのだから。というふうに、どうも語彙から判断して、満州というか、大陸の香りが強い。

「あなた」は作者のキーワードと言ってよいだろう。単なる二人称代名詞なのだが、誰でも使う語ではなく、どちらかというと、知的な人が使う語である。知識人の、ちょっと突き放した冷たさといったニュアンスがある。あなたなんか知らない私の小世界、と作者に言われると、なかなか迫力があるだろう。計り知れない世界、独特の世界、であるのに、そこで作者がすることは、模型の汽笛を鳴らすという一種の児戯である、というところに落差が生じて歌となっている。

しかし、作者が雪深い故郷の山形へ帰る時、乗っていた機関車は汽笛を鳴らしたであろう。都会人の知らない音を、おそらく耳に残していた可能性が高い。したがって、本歌では、大陸というよりは、望郷の暗喩であるとも考えられる。あなたのような都会人には無縁の東北地方に私は戻り、懐かしい寺で子どもの時のように遊ぶ、その気持ちはあなたにはわからないでしょう、というふうに読んでみるのも一興だと思う。

## 開きすぎた薔薇と一緒にみちに並ぶ欠け耳人形の売値を問いぬ

第二章第十節「耳」第四首目である。この連作八首を読んでいて、ふと思いついたが、やはり、「フーガの技法」や「ゴルトベルク変奏曲」などに発想が似ている。主題をいろいろと展開してゆくのだが、もちろん、数学的な美や驚異的な職人芸（鏡像のフーガ等）はない。しかし、「耳」を巡って繰り広げられるおもしろさ、隠喩性は、やはり凡庸ではない。

耳というのは解剖学的におもしろい形をしているらしいが、といって凝視したことがあるのは、解剖医か、耳鼻科医ぐらいだろう。本歌では、その耳が「開きすぎた薔薇」と並列、対比されており、明らかに、耳と薔薇の類似性が示唆されている。ただし、念が入っているのは、本歌に耳はなく、「欠け耳人形」がある、いわば、不在が在る、という構造である。非在の耳を薔薇と並べているのがおもしろい。耳が欠けていても、耳を想像で補うことはできる、それは、在ることと変わらないのではないか、認識できないからといって、存在しないとは言えないのではないか、という、何となく哲学を思わせる展開になっていく気配さえ感じさせる。「耳」が本節の主題ではあるのだが、本歌に言語としての「耳」は在っても、実在の「耳」はない。耳の欠けた人形を買おうという作者の意図は何だろうか。売値を聞くということは、値札のない蚤の市か、外国の市場だろう。シャイな作者が値引きの交渉をするとはとても思えず、言い値で購入した可能性が高い。架空の市場かもしれないし、いろいろなフィギュアがあるらしい作者の書斎へ、チベットの仏像などと共にこの人形は置かれたのかもしれない。

## 闇に落ちてくだけた柘榴で耳を冷やしあちらの空に渡り始める

第二章第十節「耳」の第六歌である。「柘榴」は作者に頻出するキーワードであると言っていいだろう。あるいは単に好きな言葉というレヴェルかもしれないが、作者の思い、想念、概念を担わせる語であるので、こういう語を全作品から拾ってゆくと、案外、作者の思い癖や性格などがわかってしまうかもしれない――これは一般論である。

だいたい、柘榴はペルシャ・インド原産で、栽培の歴史は古くとも、どこか異国的な雰囲気が残滓のように残っている（本来、漢語である「梅《うめ》」にも似たところがある）。それで「耳を冷や」すのは、かなり変わった行為である。あえて想像するならば、絹の道あたりで、オアシスの少年が、雪解け水で冷やして、という場面だろう。「あちらの空に渡り」というのは、普通に読んでも、やや「彼岸」の香りがするし、「到彼岸」という仏教語もある。どうも、作者の場合、歌にも散文にも、仏教、とりわけ真言密教がBGMのごとく、常に流れている感じは否めないし、すべてがこの文脈で解釈されるべきだと思われることも多い。

「あちらの……渡り」から想起されるのは、「般若心経」の最後の「偈」gate gate pāragate pārasaṁgate の gate であり、サンスクリットの語根 gam の過去分詞で、行った、到達した、の意味である（語形の解釈には諸説あって難しい）。ふとしたことで、悟りが開けることがある、というのは昔からの物語や伝説に数多い。天山山脈の雪解け水で冷えた柘榴が割れて、それを偶然、耳に当てた少年が、卒然として悟った、と考えておくことにしたい。

## 倒れたもの見おろす位置に舌はしだれ　おまえの発生は桑実胚どまり

第二章第十一節「舌」の第二首である。「舌はしだれ」という頭韻を踏んだ表現、「桑実胚《そうじつはい》」という専門用語、「どまり」という禍々しい断定、に目を引かれる。「しだれる」は長く垂れさがる、の意味だから、読者の取り方によっては、コミカルな情景にもなりうる。人が倒れているのを嘲笑することになるからである。

「桑実胚」という語は、おそらく誰でも生物の時間に学んだはずであるが、それ以外に使ったり、聞いたりすることは、普通、ないだろう。「積分」や「微分」と同じである。これは、そういう事実を逆手に取った技法であり、インパクトが非常に強く、成功している、と思う。この語は、日常では用いられない専門用語ではあるのだが、たとえば普通の人には像を結ばない、言語学の「母音大推移」「喉頭音h2」などに比べると、同じ専門用語でも、イメージが生々しく湧いてくるほうだろう、というより、これほどイメージ喚起力を持つ語は稀れではないか。この語を思い浮かべることができた時の作者は、内心、喜んだにちがいない。おまえは桑の実のような姿をして、醜悪で、不完全なまま去れ、という残虐なメッセージであり、ひどくサディスティックである。

何かの私怨を、感受性の強く、繊細な作者が、本歌で晴らしている可能性も消せない。謹厳な法律家が、俗な小説を書いたり、ということがあるが、それに近いものを感じる。しかし、作者には、いわば原色を使わない美学というものがあり、上句では、照れ隠しのように、またははぐらかすように、舌を出してしまっているのが、おもしろい。

## 素足にて髪すりつぶせ呪詛幟《じゅそのぼり》　ふぐ提灯もつけてみました

第二章第十二節「髪」の七首目である。呪詛をかける時には、その相手の髪や爪などを手に入れる必要があることはよく知られている。それを、どう使用するのかはわれわれ凡人に知るすべもないが、密教僧ならば知っている人がいるのかもしれない。

まさか、現在では僧侶の教育機関で教えてはいないと思うが、この歌集が出される数年前に、僧侶たち（正式な僧籍があったのかどうかは知らない）が企業に呪詛をかけた事件があったらしい。その時の幟の写真などもあり、それに本歌が触発された可能性もある。まして、作者は密教の「事相」にも精通している。そうでないと、本歌を詠うのは無理だろう。

当然、髪を「すりつぶ」すのは、「呪詛幟」ではなく、呪詛をかける「人」である。しかし、「幟」のあとの一字空けが、「呪詛幟」を「すりつぶせ」のほうへ視覚的に密着させる。もちろん、意識的な行為である。「呪詛幟」を肩に担いでいる僧侶のことを、換喩（Metonymie）として「呪詛幟」と表現している、と考えるのが、おそらく妥当である。

一転して、下句は、作者一流の照れ隠しである。上句のただならぬ深刻さをうまく流していて、読者には救いがある。事物（ふぐ提灯）だけでもおもしろいのに、「ですます体」に文体もシフトさせている。

しかし、このように二重のユーモアで落とす必要がある重苦しさ、禍々しさを上句は持っている。そもそも髪というものは、死者の髪を保存したりすることにも表れているが、皮膚の変化したものにすぎないのに、その含意がわれわれにとって、あまりにも大きいからであろう。

## 美しく何処で逃げるかを考えてふつふつと穴があく空を見あげている男

第二章第十三節「白い魂」第三首である。「仏説聖不動経」という短い経があるが、深川不動尊などでは、不動護摩を厳修する際に、これを唱え、そのあと、三十六童子の名をも唱えるが、最後は八大童子で、掉尾を飾るのが「制多迦童子」である。不動信仰においては極めて重要で、実際に活動して助けてくれるのはこれらの童子らしい。ありがたい眷属である。

「美しく……逃げる」のは、いかにも作者の美学に適った表現であり、結句の「男」は作者自身だろう。第四句のもたつき具合は、いかにも「ふつふつ」という擬態語と響き合っている。

本来、逃げるのは美しくないかもしれないが、現世利益を重要視する密教的な現実路線である。西洋的原理主義では行きづまる。逃げ場を求めて、あるいはタイミングを計っている時に、空を見上げるのだから、逃げる先は空の上だろう。すると、昇天するという表現に力を得て、逃げること＝死である、という不吉な図式も否定できないところである。

しかし、ここで「穴」の寓意はよくわからず、前後の歌からもヒントは得られない。方向から言うと、ふつふつと空いた空の穴の中に男が美しく逃げる、ないし逃げ込む、ということになるはずである。

仕事を辞めるとか、何かを止める行為を「逃げる」と表現している可能性もある。すると、「空」は字義どおりに解釈せず、職場などを表し、「穴」も、止める機会、と読むことができるであろう。止めたいのだが、止めるチャンスを窺っている、それを、天空へ託して演出した、と考えておくことにしたい。

# 洋皿が私を囲んで円く並び　怒声は紫陽花のうしろから来るか

第二章の最終節「鏡のない朝」第四歌である。頁で言うと、三十八頁であり、見開きの左は第三章の扉で、モノクロームの挿絵がある。これは第三章の挿絵なのだが、効果としては、右側三十八頁の歌群と同時に目に入るわけであるから、実質的にはこの節の挿絵と言ってよい。抽象画なので歌の邪魔をすることもないが、どこを探しても誰の作品なのか、情報がない。

本歌は豪華な雰囲気で始まる珍しい歌である。しかし、よく考えると、皿は普通、テーブルの前に並ぶものだろう。本歌で、作者は皿に取り囲まれている。真言寺院で護摩修行をする寺には護摩壇があり、その中央の円い炉を囲むように金属製の皿が多く並ぶ。そこには、米、油、果実、などが置かれている、という不動護摩供の儀式を私は想起してしまう。その黄金色の皿はインド風で、洋皿と言うのはややはばかられるが、インド料理屋の食器に形も大きさもそっくりである。

これは作者一流のレトリックで、自分を、護摩木が積まれて燃やされる「炉」に仮託していると取れないことはない。炉のうしろに行者が座り、そのうしろは大勢の信徒たちである。境内に紫陽花があるのであろう。その「うしろ」から怒声がする、というのは、呪術仏教などと言って密教を莫迦にしている人々だろうか。あるいは結界を張られて、追い出された低級霊かもしれない。

本歌集は密教ブームが起こる前の出版だろう。いちおう、「洋皿」の比喩のわずかな違和感を除けば、この解釈は成立すると思われる。それにしても、自分を炉にしてしまう想像力はかなりすごい。

## ひらいたまま死にたくはない瞼《まぶた》さすり降りて来た山に雲沸くを見る

第二章第十四節「鏡のない朝」第五首目である。医学的にはよくわからないが、開眼したままの死とはどういう状態なのだろうか。作者はここで、珍しくも明確な意思表示をしている。目を閉じて死にたい、と。シャンソンの「暗い日曜日」（ダミア、美輪明宏、金子由香利）に、死んでも目を開いて、帰って来るスマートな貴方を見ているわ、などというすごい歌詞があるが、ああいうのは作者の美学が許さない。どこまでもスマートな紳士であるのは、われわれが知っているとおりである。ただ、ひょっとすると開いたまま死んでしまうのではないか、という惧れを抱いているのであろう。さすっている、というのが、小さな恐怖感をうまく表現していると思う。

一首全体の構造は、ミクロからマクロというか、極小から極大で、瞼から山、そして雲、とダイナミックに拡大するドラマ性を秘めており、一頁の中央に印刷してもよいぐらいのたたずまいを持っている。詩歌の特性を最大限に生かしており、こういう表現は短詩形ならではであって、この側面を開発すれば、短歌の未来はあるだろうと思われてくる。

初句・二句は主観、だんだんと客観になり、最後は「雲沸く」と第三者的叙景になる、という洗練された和歌的手法でもある。こういう歌は、意識してではなく、鍛錬して、ふと何百首の中に一首できる、という感じではなかろうか。書道と似たような、一回性の美である。

## 変声期の少年の匂いは紙火薬　シンバルを皿に黄の花を盛る

第三章第四節「大地震の前に」第十六首である。こういう頃の少年に会う機会がなく、子どももいないので、よくわからないが、きっと、生々しいというか、獣くさくなってくる、という感じだろう。寺山修司の「うしろ手に春の嵐のドアとざし青年はすでにけだものくさき」を想起する人もいるだろう。

作者はそれに対して、「紙火薬」という、儚く、危ういもの、ごく小さな破壊力を秘めたもの、非日常の香りを放つもの、を暗喩として用いた。非常におもしろい。「声変わりの少年」も、じつは字義どおりの意味ではなく、ここでは青年期へ移行しつつある少年、ということを意味し、別に声変わりでなくても、ほかの第二次性徴でもよい「換喩」だろう。

一方、「シンバルを皿に」は明確ではないが、やはり暗喩の気配がある。本歌は、このように比喩が満載であるが、紙火薬の音とシンバルが響き合って、上句と下句は一字空けをものともせずにつながれている。シンバルに落ちそうになりながら載せられているのは、おそらく全体の雰囲気・文脈からして菊がふさわしいだろう。

移行期の少年のあやうさ、儚さ、滑り落ちそうな菊の花、一回きりの火薬、一回きりの変声期、そういう要素が互いに関連を持ちつつ、また同時に違いをも示しつつ、歌全体も安定性を欠きながら、揺蕩《たゆた》っている、というのが、おそらく本歌の説明としては妥当かもしれない。

## 鱒の肉のほぐれ背中の痛み黒く　少年を窓から去らせてしまう

第三章第四節「大地震の前に」の最後の歌である。本節は歌数が多く、三頁にわたって二十八首もあるが（二十八は「制多迦童子」が仕える不動明王に縁のある数である）、ここに地震という語が出てくるのは、最後から三首目の、

夥しく羽虫の群れる沼岸に大地震の前の少年と居る

のみで、むしろ「少年」がほとんどの歌に使われている。タイトルと意図的にずらし、額縁のように、二十八首

を変容させる効果を狙っている可能性が高い、と思われる。

本章は、本歌の下句で少年が去って行って終わるのだから、いちおうのおちがついている。本節冒頭歌は、

母なしの少年の梨の堅い果皮《かわ》の斑点にひとは移り住みそろ

で、明らかにこの少年の生い立ちと作者は重なっている。すると、作者が、自分(の分身)である少年を、自ら「去らせて」幕を引いた構図、になっているのだろうか。

「鱈の肉のほぐれ」は軽妙洒脱な効果を出す意図もあるのだろうが、照れ隠しも含まれている。鱈は和の香りがするが、英国でよく食べられる魚なので、読者によっては西洋臭を感じるだろう。章全体も和という雰囲気ではないので、どうも北海あたりを想起してしまう。窓から出て行くというのも、ヨーロッパの民話を思わせる。

## かたつむりが這いぬけた痕の白いひかり瑟瑟座《しつしつ》の人の膝にむかえり

第三章第五節冒頭歌である。第三章の最後の二節は、「矜羯羅《こんがら》童子」、「制多迦童子」で、もちろん、不動明王に仕える三十六童子の中の、代表的な脇侍である。これらを作者は「仏説聖不動経」と同じように、最後に置い

たのである。意図的な配置であるのはまちがいない。矜羯羅とは、サンスクリット kiṃkara の音写で、kiṃ 何でも、kara 行なう、の意味である。

第四句の「瑟瑟座《しつしつ》」は、不動明王がお座りになる台座で、しかも、蓮華座、岩座などと違って、不動明王以外には使われることがなく、「岩の凹凸を抽象化して整形したもの」である（『岩波仏教辞典』）。したがって、この台座に「人」が座るはずがないのだが、本歌では、不動明王を「人」と言っている、と考える以外になさそうである。寺に生まれた作者は、幼少時から、お不動さん、と聞かされて、親しみを持って育ったのであろう。俗人には、とても明王を「人」などと呼べないが、真言行者は現に、不動護摩修行において、自身が不動明王と一体になるので、「人」と言えないこともないのである。

本歌では、「白いひかり」までが「瑟瑟座《しつしつ》」を引き出している序詞ともとれるが、すると、結句「むかえり」の主語は、次歌から判断しても、「かたつむり」ではなく、短歌的な「我」である。そうでなければ、「かたつむり」が不動明王の膝に向かうことになるのだが、おそらく前者だろうと思う。

## 忿怒直髪　銀河を口に含む人の美しい様子を倒れつつ仰ぐ

第三章第五節「矜羯羅童子」第二首。当然、銀河を口に含むのは「人」と呼ばれている矜羯羅童子である。

「教義的には行者に給仕・奉仕するために現れる慈悲の化身とされる。像容は十五歳の童子のごとくであり」とある（『岩波仏教辞典』）。

「銀河を口に含む」がわかりにくいが、小さなものにすべてが含まれるという発想はインドではよくあることだろう。したがって、銀河は「宇宙」、全世界、を表す比喩である。ただし、不動明王自体は、いまインドで見ることも、崇敬されることもないらしい。もともとはシヴァ神の影響を受けた俗神から、大日如来の使者という位置づけで、弘法大師が日本へ導入して以来、大発展したものである。

本歌の眼目は、結句だろう。童子に頂礼するときは、間に不動明王がいらっしゃるわけだから、同時に明王にも頂礼していることになるが、意識の上でどうなっているのかは、密教僧に聞いてみないとわからない。ただ、本節には、次頁のような歌もあるので、どうも不動明王と童子が混ざって描かれている。羂索《けんさく》を持っているのは不動明王だからである。

「倒れつつ」は五体投地のことだろう。しかし、そういう所作を知らない人にとっては、病気か何かで倒れて、息も絶え絶えで下から見ている、とも取れる。それでいいのだと思う。

童子は十五歳の美少年とはいえ、現代的感覚からすると、美しいとは思えないかもしれないが、阿修羅像を美しいという人は多い。作者の場合は、美意識を徹底して仏教色に染められている可能性が高い。何となく怖いというような俗人の感性は、おそらく持っていないはずである。

## 頬に寄る蝶と日影は柔らかし　羂索で縛られし故に平和なるごと

第三章第五節「羚羯羅童子」第四首。羂索は「元来、武器の一種であったが、仏教的には難化《なんげ》（言うことを聞かない）の者を調伏《ちょうぶく》する意味を持つ」（『岩波仏教辞典』）。独鈷《どっこ》や五鈷杵《ごこしょ》などは、古代インドにおいて、動物や人に投げる武器である。そういう命を奪う器具を反転させて、魔を祓い、煩悩を断ち切る道具に転換させたところが密教の凄まじいところである。

羂索を持っているのは不動明王のはずで（観音様その他も持つことがあるが）、これは、言うことを聞かない者を縛り付けた状態なので、平和となっているのではないか、と作者は言う。軍拡時代の核抑止論のような論理で、非武装の平和でなくて、武装した上の平和である。

ちなみに、いま、インドは「アグニ」（火天）というヒンドゥーの神の名前を持つ中距離弾道ミサイルを持っている。そういう抑止の結果、不動明王の頬に安心して「蝶」も近づくことができる。人間の煩悩の深さに怒り、悲しんだままの大忿怒だと、怖くて蝶は逃げてしまう。

「日影」は不動明王の状態にかかわりなく、同じ形のはずだが、明王の丸く緩やかな頬に斜めから日が差している密教寺院を想像すればよいだろう。明王は左手に羂索、右手には煩悩を断ち切る剣を持っている。目からは涙を一粒流している。慈悲と人間を哀れむ怒りの涙である。

縛られた平和。世界には不穏な要素があり、人間の精神にも、それが反映される。暴力的に縛することによって、世界と精神の安定がはかられる、という作者の控えめな主張（「なるごと」）と考えてよいであろう。

# 言葉燃す狂気の芸を示すとき昔不動が笑ったと信ず

第三章第五節「矜羯羅童子」第十首。「言葉燃す」は明らかに不動護摩である。しかし、燃やすのは、家内安全、当病平癒、災難消除、などという願い事と、氏名、年齢を書いた乳木を四角形に組んだものである。すると、たしかに、木の上に書かれた文字から焦げてゆく。

本来は、不動明王に、煩悩を焼き尽くしていただく、という趣旨らしい。また、高い値段を社務所に払うと、大きなお札を燃えさかる火にあててくれて、時には焦げ目がつくこともある。高輪にある高野山東京別院の僧侶が、焦げたぐらいがいい、と言っていた。

しかし、なぜ「狂気の芸」なのか。神聖な不動護摩を「芸」と呼んでしまっていいのだろうか。護摩はいろいろな所作を必要とし、インドの来客の儀礼を映している。場を清め、地を固め（地結《じけつ》）、仏へ迎えの車を出し（送《そう》車輅《しゃろ》）、天井から網をかける（金剛網《こんごうもう》）。おみ足を洗ったり、供物を供えたり、という作業を行者は行なう。これを「芸」と呼べるのは、やはり寺に育ったものだけだろう。作者独自の、照れのようなものを感じる。

「狂気」というのは、本人から聞いたことがあるが、前述したように、行者は不動明王と一体になっているので、もし、お帰りいただかず、そのままだと「狂っている」ことになるのだという。憑依しているという意味なのか、詳しいことはわからない。「不動明王になっている」のだから、シニカルな著者には、狂気なのだ。笑うのは、ご本尊が笑って見えた、ということだろう。忿怒尊というように、人間の煩悩を見て、泣き、怒っているのだが、たしかに願主には慈悲深く見えるものである。

## 忿怒《いかり》あれ世を超えて刺すいかりあれ　山蟻ら不動の膝を這いゆく

第三章最終節「制多迦童子」冒頭歌。制多迦は「原語は、従僕、または悪鬼の意……教理的には怒りを表して、人々の誤ちをただすという」(『岩波仏教辞典』)ということであるから、「忿怒《いかり》」は制吒迦童子にふさわしい。よく言われるのは、子どもを叱る怒った母親、の比喩である。あの慈悲のこもった、矯正したいという怒りが不動の怒りで、おそらく制多迦の怒りもそうだろう。

本歌では、特に「世を超えて」に目を引かれる。これはおそらく、個人レヴェルの怒りではなく、戦争とか、紛争とか、格差といった、社会的怒りだろう。古代からまったく精神的に進歩せずに殺し合うといった、人間への怒りである。

「あれ」は、形としては命令形だが、短歌の場合、意味内容は、形式に反して、命令ではないことが多いように思う。「怒りあり」としても、印象は変わるが、意味内容は大差ないだろう。命令形のインパクトの強さは、昨今では、諸刃の剣かもしれない。

## 明王の牙硬質に鳴りだすを感じつつあれど吾はふりむかず

第三章最終節「制多迦童子」第十歌。不動護摩を焚いていて、不動明王の牙が鳴る、という現象は聞いたことがないが、しかし、たとえそうであっても、それは行者としての作者のみに感じられることだろう。炎の中に降りてきた、信者に見えない不動明王なら、なおさらである。否、行者なら、不動像や炎と向かい合っているはずで、「ふりむく」関係にはない。あるいは、牙が「鳴りだす」要因が、作者の背後にある、と考えられるが、それは何であるか示されないままである。本歌を挟む二首は、

弁髪を手繰りて遊ぶ真夜中の不動を見つつ汗をかきねむる
背景のずれ落ちを支えに人の走る　斯くかくに君は指図書を書きし

だが、さらに難解で、何のヒントにもならないのは残念である。童子というのは、『仏説聖不動経』を読むと、スピリチュアル的には、指導霊とか守護霊に当たる働きで、常に見守り、必要な時だけ助ける、という存在であ

る。そして、不動明王は、大日如来の形を変えたもの（教令輪身）、いわば、神、だろう。

作者は、本節で、「童子」という語へ原義に忠実な意味を持たせており、子どもの行動を取らせている歌が多い。不動明王も妙に人間的な動きをしており、本歌の牙が鳴る、もそうである。しかし、これが喜びなのか、怒りなのか。後者の可能性が高いが、なぜ作者はふりむかないのか。ふりむいてはいけないのか。本来はふりむくべきなのか。ふりむくと、そこには何があるのか。このあたりはかなり難しい。

## 赦しあいという言葉より暗きものを童子は知らず　古代都市を歩む

第三章最終節「制多迦童子」第十三歌である。日本語では「ゆるす」と、すべてを大まかに言ってしまうが、中国では「許」「赦」「縦」「恕」「宥」など、さまざまな表記をする。作者の選んだ表記「赦す」は、恩赦、容赦というように、とりわけ、罪をゆるす意味である。これを、制多迦童子は、もっとも暗いものと考える、と作者は考えている。

「赦しあい」とは、すると、貴方が犯した罪を赦すから、私の罪も赦してくれ、という一種の取引であると思っているのであろう。それが「暗い」のだから、悪とまではいかないが、望ましい状態ではない。人間界の、こういうもたれ合いのような状態を見て、童子が暗い気分になっている。

古代都市はインド以外にあるだろうか。不動明王は古い「インドの山岳系俗神の一種か」と言われている（『岩波仏教辞典』）。密教がまとまりを見せるのは七世紀頃だから、歴史的には中世であって、古代ではない。この「古代」都市は、修辞としての「古代」であって、ブッダガヤ、ガンダーラ、バーミヤン、エローラなどの都市として考えるのがよく、字義どおり受け取らないほうがよいだろう。

この節は、制多迦童子を、文字どおり「童子」のように描写した箇所が多い。不動明王も人間的で、非常にユニークな視点で、あたかも密教の黎明期を霊視しているかのような一連である。そのためには、膨大な資料か、途方もない想像力が必要だが、作者はその両者を持っていた、と思う。

## 連れ戻され晨に変る焔《ひ》の色を群衆《むれ》から遠く片眼におさめて

「連れ戻され」るのはおそらく、童子たちではなく、護摩壇の炎にお迎えした不動明王である。行者は、お帰りいただく所作をするはずで、「お見送りの車を出す送車輅の印を切」る（西村公朝『密教入門』新潮社）。本来は、お帰りいただくのだが、作者はあえて、連れ戻される、と不動明王の気持ちになっているところが、さすがに尋常ではない。

お帰りいただいても、炎はちらちらと燃えている。そして、色の変わった炎を明王が「片眼」に収める。不動明王像は、もちろん片眼をつぶっているからである。そこには涙が溢れているが、それは極道息子を泣いて叱る母親の涙のようなものだ、と言われる。「群衆《むれ》」は本来は衆生一般だが、本歌では祈願をした人々だろう。明いているほうの眼で、それまで自らが立っていた「焰《ひ》の色」をおさめる、と言う。片眼というと、ウィンクしているような滑稽さも含意してしまうと思うが、願主の願いを叶え、本来の場所へ遠ざかってゆく明王のウィンクも悪くない。

護摩には即効性がある時もない時もあると思うが、それは明王の意思の埒外だろう。本来、不動明王は、『仏説聖不動経』でも、各人の心の内に居る、と書かれている。要するに、遍在しているのだから、炎の中にもいらっしゃるし、そこから離れて像に戻られると考えてもかまわない。その、祈禱寺で、日々繰り返される往復運動に、作者は明王の目線になって、本歌を詠ったのだろう。

## 化粧した大日よりも火焰《ひ》を背負う教令輪身《きょうれいりんじん》と青き街を行かむ

本歌集の掉尾を飾る一首である。作者にしては、願望をかなり直接に示している。金剛界曼荼羅において、自性輪身《じしょうりんじん》の大日如来に対して、衆生を救済する正法輪身《しょうぼうりんじん》が般若菩薩、さらに、従わない者を強制的に調伏する教令輪身《きょうりょうりんじん》が不動明王である。したがって、相が違うだけで、大日如来が変化した姿が不動明王であり、もともとが同じものである。

作者は、しかし、「火焔《ひ》」を背負い、教え導き、調伏する不動明王と歩きたい、と言う。ただし、作者はもちろん、調伏される必要はない。いわば、子ども＝衆生を救うために、なりふり構わない、涙を一滴流し、綱＝羂索を持って、怒り狂う母親のような姿となっている明王のほうが、真理を示す、静謐で、抽象的な大日如来よりもいい、と言う。

しかし、「街を歩く」は、明王の容姿と比べて、穏やかである。たしかに一般論としても、参拝客が多いのは、ご本尊が不動明王、弘法大師、観音菩薩の寺だろう。真言宗の仏壇では、中央に大日如来、左に不動明王、右に弘法大師を置くように、大日如来は最高神の扱いなのだが、一般人には馴染みがない。作者のように真言宗の知識はすべて持ち合わせている人が、衆生と同じような感覚であるのもおもしろい。

哲学者が、結局は、農夫と同じ人生観にたどり着いた、と揶揄されることがあるが、結論は同じでも、プロセスが違う点が重要だろう。

# 第四歌集

# こけらぶきのけしき

柿葺の景色

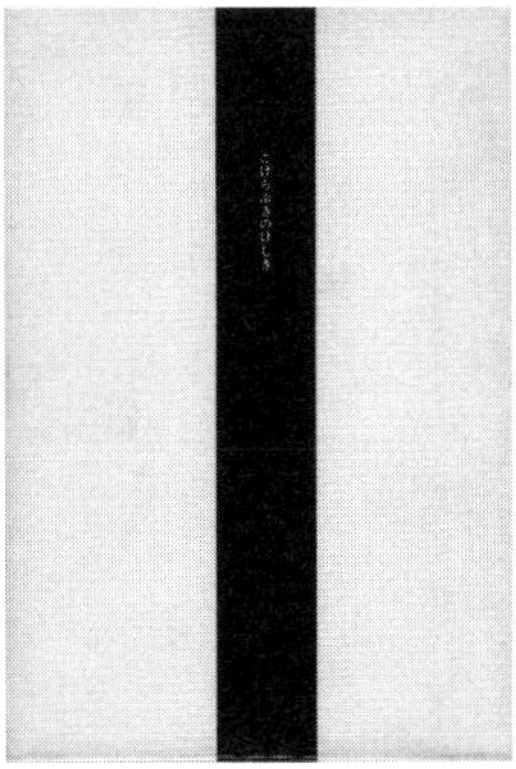


表紙・扉デザイン＝沖ななも
昭和 63 年 1 月、風心社刊
A 5 判並製 78 頁、貼函入り、1000 円

## 遊行期到来の意識も踏切りの遮断機が上がればこなごなになるか

本歌集の正確な名称は『こけらぶきのけしき（柿葺の景色）佐藤信弘作品集』で、「表紙・扉デザイン　沖なも」とある。一九八八年一月発行、前歌集『制多迦童子の収穫』から十二年を経て、約千八百首から三百五十首を「削りと改作のはてに掬いあげた」という。

本歌は初句「遊行期」がわからないと、全体もよくわからない。遊行期は、遍歴期と同じことだが、ヒンドゥー教徒の理想的人生の最終段階である。「家を持たず……保護も受けず、ヴェーダの復唱時にのみ言葉を発する以外は沈黙を守り、生きるに必要最小限の食物を村で乞食する」時期である（渡瀬信之『マヌ法典』）。この時期の前は、学生期、家長期、林住期である。

作者も五十代となり、遊行期に入るべき時だと自覚したのだろう。現代日本で遊行期に相当するものは厳密には存在しないが、近いのは、定年、だろうか。もっとも、遊行期は自ら進んで入るものだから、強制される定年とは逆である。作者も定年後は、公的機関で労働関係の相談員として、第二の人生を送っていた。実生活では遊行していない。本歌のように、遊行する意志が、遮断機が下りて、上がった時、消えたのかもしれない。

托鉢しつつ、遍路の旅にでも出れば、遊行に近いかもしれないが、僧侶の子弟である作者には素人すぎる行為である。たぶん、無理だっただろうし、その気もなかったと思う。「踏切り」というのは、強制的に立ち止まらせられるせいか、いろいろと考えを巡らすことになる。作者も、会社への道のり、あるいは帰路で、そろそろ定年が近い、などと考えていたにちがいない。

列車が左右に通過する。まだ遮断機は上がらない。定年、年金、第二の人生、と考える。遍路の旅? 霊場巡り、などと考えていると、すっと、遮断機が上がって、現実の世界に引き戻される。その時には、定年後の仏教的生活、出家などの考えが消えていた、ということだろう。それを「こなごなになるか」と表現したところが、なかなか生々しい。作者には珍しい「日常詠」とも言えるだろう。本歌の前には、

駅前より真北にむかう海鳥のはばたきのさまは見つめればつらし

とある。やはり駅の近くに作者はいたようだ。

## 樹霊ありて根のはねだしに佇ちいしがひるさがりの子守歌で薄れる

第二章二首目(十三頁)。作者は霊を見ている。見えていた人なのかもしれない。個人的にそういう話はした

ことがないが（用心深い作者は、そういう話題の時、話す相手を選んだはずだ）、本歌では明らかに樹の霊を見ている。短歌ではフィクションも許されるから、実際に見たかどうかは問われない。たいていの読者は初句を読み流すだろうと思う。

家にある大木を切ったことがあるのだが、切った植木職人が骨折したりして、明らかに、良くないことをしている、というメッセージがあった。神官にお祓いをしてもらったあとだったが、それでも、樹（ないし樹霊）は切られたくなかったのだろう。

スピリチュアル的に言っても、樹は太陽のエネルギー、大地のエネルギーの両方を宿していて、とてもパワフルな存在である。密教にも——これは秘技なのかどうか知らないが——「採加法」といって、樹木と人間が気の交感を行なう手法がある（三浦道明『気・運・縁』百六十二頁）。気が巡っているというイメージ、観想として行なうらしい。

ここで、作者は、ただ「樹霊」を見た、というより、人間のように「佇」っているのを見ている。それが、「子守歌」が流れて、薄れる、ということは、フェイドアウトしていったのを見たということだろう。一瞬にして消えたのではなく、だんだん消えていった、というのがなかなかリアルである。子守歌は歌詞の意味が明確にわからないものも多いが、本歌から推論できるところでは、霊がこの歌を嫌うということだ。鎮魂歌的な働きがある可能性もある。

しかし、樹霊は悪霊とかではなく、自然霊で、いわゆる西洋の妖精や、日本のお稲荷さんも同じレヴェルの霊である。それが逃げていくとはどういうことだろうか。人間に近い波動を持った霊とされるが、子守歌の力で消えるというのは、作者の想像か、あるいは実際の霊的な体験を述べたものか、難しいところである。

愛染めの明王の赤い肩と弓に支えられ　ちいっちいっと声が出てもひとり

第二章十九首目（十六頁）。次歌は、

欲・触・愛・慢の四菩薩も石畳の濡れ具合と花を見ている

で、仏教的な二首が頁をまたいでいる。「愛染めの明王」は、愛染明王だが、「藍染め」という、より一般的な言葉もあるので、響き合いの効果を作者は意識していただろう（形式的に言えば、初句の五音を確保するためである）。この明王は「愛欲の激しさを象徴する赤色で、菩提心の堅固を表す燃える日輪を背にし、三目で六臂《ろっぴ》あるいは四臂、金剛杵《こんごうしょ》と鈴《れい》・弓矢・蓮華などをもつ」（『岩波仏教辞典』）。密教寺院には、たいてい不動明王とともに祀ってあるはずである。この明王の前に護摩壇を置く寺院もある。

「支えられ」ているのが誰なのか、あるいは何なのかよくわからないが、「ちいっちいっ」と啼くのは雀などの小鳥だろう。弓は明王が左側の手で握っているが、その弓が支える、という。精神的に支えるなら、作者という可能性もある。

結句「ひとり」は、作者にちがいないが、放哉の句を誰でも思い出すはずだ。もちろん、作者はそれを計算済みである。が、どういう効果があるのかが、やはり、わかりにくい。しかも、声を出す主体と、「ひとり」である主体が、放哉とは違って、おそらく本歌では異なっている。薄暗い寺院の中に浮かび上がる赤い明王、境内で啼く雀、作者はひとりで本堂の中に立って明王を見ているのだろう。

## 秘事のごとお前の母の命日と告げ来る父よ再婚後三十余年の父よ

第二章四十四首目（二十一頁）。作者には珍しく、プライヴェートな内容である。前妻のことだから、「秘事のごと」く、ささやき声になるのはよくわかる。「父よ」のリフレインも、ずっとロゴスに生きてきた作者に対し、抒情性、パトス性を与えている。

この状況を考えてみると、作者は実母の命日を中年まで、少なくとも三十数歳、下手をすると四十過ぎまで知らなかったことになる。あるいは知っているけれども、ご尊父が念押しに来た可能性のほうが高いだろうか。作者の父は僧侶だったのだが、結句の「再婚後三十余年」という説明的な乱調ぶりからも、やや非難するような口吻を感じとることができる。第四句までのリズムに乱れがないので、この乱れ方はいっそう際立っている。しかし、整えようという意志も働かないほど心が乱れるなどということは、いつも冷静沈着な作者に限ってはあり得ない。演出上の乱調に決まっている。

それにしても、この結句は十音以上もあって、自棄になっているかのごとくにも、放り投げているようにも感じられる。あるいは推敲をしてリズムを整えることをあえてしない、という「反逆を演出」したとも言える。これは普段、整った理性的な生活や物言いをしている作者、という自画像を逆手にとった手法である。もちろん、作者の内面はいろいろと荒れ狂っていたかもしれないが、それを表に出すことは、私の知る限り、なく、どこまでも紳士であった。

## 人事屋の孤独を手代の才覚で押し返し高層街区を猫背で通る

第三章二首目（二十五頁）。百貨店勤務であった作者だが、人事部にいた時期があるのだろう。「孤独」ということは、おそらく、誰かをどこかへ配置するとか、人に言えない情報を抱えて日々を過ごさなくてはならないことであると思われる。

「手代」とは、江戸時代では、番頭と丁稚の間の身分らしいのだが、いまで言う中間管理職らしい。作者の言いたいのは、自分が、その地位にたどり着いた才覚で（人事部長、人事課長（？））、孤独感を「押し返」すということである。「孤独」はどうにもならないが、「孤独感」はたしかに、どうにかごまかしたり、紛らわすことができる。しかし、本質的な解決にはならないので、職場近くの高層ビル街など、無機的、非人間的、直線的、殺風景で、精神に悪いところへ行くと、孤独感が戻ってきて、「猫背」になってしまう。

不思議なもので、背筋が伸びていると孤独な感じは薄れる（孤独な人は、思いきって背筋を伸ばしてみるといいだろう）。作者も、そういうことは知っていたはずだが、このあと、あえて猫背のままでいて、せっかく押し返した孤独に、また襲われたのではないか、あえて修行のようにその状況に身を晒してみたのではないか、と想像される。それにしても、世間並みの日常詠に堕する可能性の高い題材を、「手代の才覚」という意表をつく連想で知的に転換したのはさすがであった。

## すべり台の上はおとなには狭すぎるのだが世界が見たくなった夜にはのぼる

第四章八首目（三十六頁）。なぜか、作者は本当に公園の滑り台に登ったのではないか、という実感がわいてくる。想像するとおかしいが、あり得ないことではない。

私も二十五、六歳の大学院生の時、童心に返ってというか、宴会の帰り道、深夜の滑り台に登ったことがある。ブランコに揺られることのほうが多かったが、一度だけ登り、しかも滑り降りたことがある（引き返して登った階段をまた下るのはかなり惨めなので、滑り降りるしか選択肢がない）。自分に経験があるからといって、作者もそうだというのは乱暴な議論かもしれないが、やはり、どうも登っている気がしてならない。「世界が見たくな」るの部分に本歌の眼目があって、地上の、冒険をしなくなった大人の目線では、世界の本質、大切な部分は見えない、という主張である。サンテグジュペリ的な発想だろう。しかも、実際に登ってみるとわかるが（登ることを薦めているわけではない）、たしかに滑り台の上は狭くて、往生する。たぶん、あそこが狭いと感じる（ほど成長した）人は、登ってはいけないのだろう。警官にでも見られたら、確実に職務質問だ。作者もそういう危ない橋を渡って、ストレス解消、またくすんだ大人の世界から一時的に降りていたのだと思われる。

形式的には、二句、三句の音が多く、もたついた感じ、もつれる感じがするが、それが収斂していって、結句の「夜にはのぼる」七音の、言い切った感、突然終わった感が、いい対比を作っている。全体に平仮名が多く、表記的にも、音的にも、童心を演出し、成功した修辞であると思う。

## 高層ビルのてっぺんでいささか酔いましてもらったネクタイなんかに取り替えている

第四章四十七首目（四十四頁）。新宿副都心、ビルの最上階にある割烹かどこかだろう。実話だと思われる。第三句の「酔いまして」が、いかにも作者そのものの口吻、物言いで、微笑ましい。集中、もっともわかりやすい一首であると思う。

「てっぺん」「もらった」と促音が二か所もあり、「なんかに」という口語が、軽妙、非文語、という「短歌的非日常」の雰囲気を作るのに貢献している。誕生日か、昇進祝いなどの席だろうが、包みを開けてタイを取り替えてしまうのはすごい、というか、たぶん、作者はそこまで、普通ならやらない気がする。酔った同僚などにそそのかされたか、魔が差したか、のどちらかだろう。あるいは私の知らない一面に、こんなことをしてしまう作者がいるのかもしれない。一首前の歌は、

**水割りの氷で冷えた胃袋は片てのひらではるかに余る**

で、かなり飲んでいた様子が窺える。たぶん、「いささか」は作者独特の、含羞を秘めた控えめな表現だろう。

そういえば、普通の、われわれ若手しかいない気楽な編集会議でも、作者はいつも、きちんとタイをしていた。おとなしく地味なタイだったと思う。年に三、四回、しかたがない時にしかタイを締めない私とは正反対の、至極立派な企業人、社会人だった。タイをしていない時もあったかもしれないが、スーツ姿でない作者を私は見た記憶がない。そういう作者が、本歌のような、やや逸脱した行為に及んだことを、いわば告白するように詠ったのは、人間味のあるところを見せていて、貴重である。

# あきらめを断念などと呼び変えて川面らの月をじっと見ていた

第四章五十七首目（四十六頁）。仏教語に知悉していた作者であってみれば、「断念」というより、「諦念」とでも言いそうな感じである。「断念」はいっけん古そうだが、明治二十年頃が初出の、歴史の浅い漢語である。たしかに、あきらめました、というのは沽券《こけん》に関わる感じがする。男社会では、それを、断念しました、と言い換えて、なんとか矜恃を保とうとするのだろう。

中身は同じことなのだが、「断念」は、主格意識がやや弱く、しかたがなく、他動的にやむを得ず、というニュアンスになるだろう。

こういう、自尊心をめぐる、屈折した言語使用は、女性にはない特質だと思う。ことばに敏感であった作者も、もちろんこういう操作の欺瞞に気づいているので、川面の月を見つめるしかなくなってしまう。「川面《かわも》」でなく、「川面ら《かわづら》」であるのが、嫌悪感の表出に大きく貢献していると思う。第四句は「川面」にすれば、七音になるのだから、意図的な字余りである。

「断念」も「あきらめ」も同じじゃないか、ことば面《づら》でごまかすんじゃない、お前の面《つら》をじっと見てみろ、などという自虐的、自傷的な声が、純粋・潔癖な作者の心にこだましていた可能性がある。次歌は、

中心に向かって無数の月が動き　まんなかの月がこちらにむかう

で、叙景歌のようだが、本歌とともに読むと、川の波に映って、不安定に、落ち着きなく動くのは月だけでなく、作者の精神でもあることがわかる。ここで作者があきらめたのは、日常的なことではなく、人生にかかわるような重大なことだろう。

## 祈ることも訴えることも身勝手と心得候わば会釈にて御免被下たく候

第五章二十四首目（五十四頁）。このあたりの歌群は、東慶寺へ参詣したときの歌らしい。次歌は、

本堂の如来は今年もやさしすぎて情念のほかはいいだしかねつ

で、作者の生家である真言宗ではないのだが、毎年、参詣しているのではないかと推測される。短歌関係の催しが鎌倉であったのかもしれない。

さて、普通の善男善女は、寺社に行けば、必ず、祈り、訴えるだろう。最近でこそ、スピリチュアリズムの浸透のせいで、寺社は本来、願い事をするところではない、という考えも広がりつつあるが、それでもやはり、祈る人は多いはずだ。作者は寺の息子だから、一方的に神仏に要求をすることが「身勝手」だという、いわば宗門

の常識が身についていたのだろう。

密教では、護摩祈禱も行なうのだが、いちおう、浄火で煩悩を焼き尽くしていただく、という建前になっている。本歌は、「候」という語が二回もあり、やや諧謔的な口調、効果を狙っている。

「会釈」をするということは、合掌礼拝もしないらしい。形式主義を嫌ったのだろうか。無心で、合掌、瞑目するという選択肢もあると思うのだが、たしかに、考えてみると、作者の合掌姿は、なぜか想像しがたい。さんざん子ども時代にやらされたのだろうか。その反発ということも考えられる。距離を置いた「会釈」という行為は、いかにも作者の知的なダンディズムに似合っていると思う。現代知識人の性《さが》で、何か検証不能な対象に帰依する、という行為が許せなかったのだろう。

## 貝葉経の展示ケースに腕をつく十年というは立ちくらみに似て

第五章二十八首目（五十四頁）。東慶寺参拝の連作のほぼ中央あたりに位置する。「貝葉経《ばいようきょう》」は、インドで、棕櫚に似た植物の葉へ書写した経典である。最古のものは五、六世紀だという。東慶寺に展示してあった経典がどういうものだったのか、知る由もないが、いまホームページを見ても、とくに記載がないので、当時、特別展的に展示されたものだろう。

経典は、パーリ語であったり、サンスクリット語だったりするが、「貝葉経」は、字体も普通の活字とは違う手書きの写本だから、当然、読みにくい。作者は「腕をつ」いて、じっくり解読しようとでもしていたのだろう。同時に、腕をつくという行為は、視線が下に向くためか、疲れ、疲労感の含意もある。「十年」というのは、おそらく、同じ経典を十年前にも見たのだろうか。本歌の二首前に、

不惑から知命までの儀礼と生きざまをやや痩せましたと言ってすますか

とあって、なかなかあっさりと、スマートに、いかにも作者らしく、自らの加齢を詠っている。この間の十年に作者がやってきたこと、やっていないこと、などが心を去来したのだろう。「立ちくらみに似て」という直喩はおもしろい。複雑な状況を、めまいがする、と大げさに言うことがあるが、それと似ていながら、「立ちくらみ」は微妙に違う。

四十歳から五十歳は、二十歳から三十歳、まして十歳から二十歳と比べると、あっという間だろう。短い。急に眼前が暗くなって、あーっと思っていると、いつのまにか治る、しかし、いつのまにか五十歳になってしまっていた、ということではないだろうか。

# 骨壺の大小などを考える　分量の差などたかがしれていて

第六章二十首目（六十七頁）。寺に生まれた作者は、死は、法事、葬儀でなじみ深いものであっただろう。ただし、「骨壺の大小」は、成人後、会葬してからの知識だと思う。

といっても、人の骨壺のサイズに差があるのだろうか。アメリカのテレビドラマを見ていたら、むこうの骨壺は、片手で簡単に持てる、大きな茄子のような感じの大きさだった。スピリチュアリズム的に言っても、骨はカルシウムという物質、脱ぎ捨てた古着を燃やした灰にすぎず、故人のたましいはそれをどうでもいいと思っている（墓にまちがった執着のある霊を除く）。遺灰も位牌も墓も、遺族のためのものである。

それはさておき、墓石の下にカロートがあるわけだが、骨壺が多くなって入りきらない、などという話も聞く。なぜ、あんなに骨壺が大きいのか、その訳を知らないが、故人を偲ぶための道具にすぎないのだから、インド式に墓はなくてもよいし、まして遺灰の量など関係がない。作者は第三句で、「考える」と明言しているが、「分量の差」というのは遺灰の量、重さ、だろう。身長百八十センチの人も、焼けば、大して骨の量は変わらない、ということだ。体重八十キロの大男も、三十キロの小女も、焼かれてしまえば同じことだ（事実はよく知らないが、骨になれば差は縮小すると思う）と作者は考えている。

作者がインドの事情を知らないはずがない。遺体（＝たましいの抜け殻、古着）はガンジス河のほとりで焼いて、そのままほうきで川へ遺灰を流してしまう。墓などはない。ならば、遺灰などゼロでもよい、とまで考えていたかどうかはわからないが、百グラムでも、一グラムでも同じなら、ゼロでもよいのではないか、という思考の流れにあまり無理はないと思う。

スピリチュアル的に、作者が遺灰をどうでもよいことだと考えるまでには、もうすこし時間がかかったかもしれないが、本歌からは、そこまで行ってしまう寸前の、整理されつつある精神状態が示されていると思う。『昼煙火』（六十九頁）にも、

火葬するとみんな揃って同じ量におさまってしまう人間というは

という類歌がある。

# 第五歌集

# 昼煙火

ひるはなび

平成５年６月、短歌新聞社刊
Ａ５判並製 110 頁、2000 円

# たましいのかたちはみんなこんなものとそれぞれの高さで葱坊主立つ

『昼煙火（古賀春江の景）』（短歌新聞社、一九九三年六月）は、偶数頁に詩的散文（ないし散文詩）、奇数頁に短歌五首をおいた特異な歌集である。「後記」によれば「古賀春江という半世紀前に鬼籍に入った絵描きに魅かれ、彼の世界との接触から噴き出したものを……周囲に配ってから、もう四年たった」とある。その歌文集の「編み直し」なのだが、「書き下ろしに近い姿に変貌した」そうだ。古賀春江も住職の息子ということで、作者と共通点がある。

本歌文集は、頁を開いた時のフォーマット、と言おうか、右、詩的散文、左、短歌五首の構成がとてもよい。短歌だけを抜き出すのは、フェアでないような気がする。もちろん、短歌だけで独立していて、散文にもたれかかってはいないのだが、効果の面で、この作品を十全に味わうためには、頁を開いて、左右を均等に読む必要があると思う。

本歌は、九頁の一首目。散文のタイトルは「（葱坊主）」である。「たましいのかたち」は紡錘形だということだろうか。たましいの容れ物である肉体には千差万別の違いがあるが、たましいはどれも似たような形だ、と。葱坊主の高さも似たようなものだから、高さ、つまり、肉体の大きさには差があるけれども、見た目のたましいに差はない（もちろん、たましいの霊性には、とてつもない格差がある）。死んでしまえば、大した差はなくなる。

死後、肉体を捨てたたましいには、あまり個体差がない、そのたましいが肉体に入っている人間という存在も、本質が似たり寄ったりなのだから、じつは大同小異ではないか、という考えだろう。現世の騒ぎを虚無的に見ている、冷めた、情緒を排した作者らしい見方である。

## ラシャ紙を扱うようにして今を折りちいさな渦巻きの蠢きを見る

五十一頁一首目。ここの散文には驚くような、一種の告白が書かれてある。いわく、「一九四一年、そう私は五歳。母の発するシグナルを増幅して、私は間違いなくエスパーであった。隠されたカードの図柄は透けて見えたし、時間の先まで旅行して、五十歳の知恵を持ち帰ったりしていた。」

つまり、作者は幼少時、霊能力があり（子どもには霊能があることが多い）、中でも、透視能力にすぐれ、また未来も霊視できたらしい。こういう能力は遺伝するものだが、作者も、母譲りであると、ここに書いている。物心がつくと、たいてい霊能は消えてゆくが、作者の場合はどうだったのだろうか。常人より感覚が鋭敏なのはたしかである。霊能もすこしは残存している可能性がある、と思う。

本歌は、時間に「ラシャ紙」の明喩を用いる。「今を折り」たたむのだが、じつは、過去・現在・未来がぐしゃっと折りたたまれており、作者には、それを広げて、蠢く時間を見る霊視能力があったのだと思う。この、折りたたまれた時間という比喩は、スピリチュアリズムでも用いられる気がする。人によっては、時間には、「今」しかない、過去も未来も「今」が変える、という言い方をすることがあるが、本歌はそれを詠っていると も考えることができる。

## 魂が死んで地獄も終わりになり満艦飾の灯火が点いた

五十九頁三首目。付属散文のタイトルは「〈地獄必定〉」と穏やかでない。「易行門の寺育ちが、来世という観念や地獄の恐怖から離れることは……難行となるに違いない。」古賀春江の実家は浄土宗であることを、ここで作者は述べている。さらに散文は、「信心の薄さをかたちで補いながら、魂なんかあるものか、という声の訪れてくるのを待ち続ける」と続くが、この箇所はかなり作者と重なるのではないか。

作者は、繰り返してきたように真言宗の寺の生まれだが、宗派は違っても、地獄、極楽などの仏教に共通するところは、幼少時から、古賀春江と同じように、聞かされて育ったにちがいない。主知的な作者が、地獄などというものを怖がった子ども時代を回想している。が、その恐怖は、もしかしたらいまだに払拭できていないのかもしれない。本歌は魂の存在も否定し、人は死ねば土くれになる、魂も何もないという虚無的な人生観である。

作者がスピリチュアルな能力を持っていても、スピリチュアリズムを信じているかどうかはわからない。少なくとも、魂の不滅、というのは、スピリチュアリズムの根本的な信条である。このあたり、古賀春江と作者が渾然と混じりあう本歌集においては、どうも判断が難しい。死ねば地獄も終わりになるというのはおもしろいが、じつはスピリチュアリズム的にも、地獄（また極楽）などというものはないことになっている（が、魂のレヴェルに合わせて、似たような場所は出現するらしい）。現世的な価値観で創作された場所である。だから、死ねば、そういう想像上の「地獄」はなくなってしまう。

「満艦飾の灯火」は、大喜び、歓喜、さんざん恐怖に苦しんだ、ありもしない（はずの）「地獄」からの解放を表現し、また、それを実人生でも、期待していることを表しているにちがいない。知性と証明不可能なものとの闘い、作者に特徴的な葛藤が本歌の底にはあると思う。

## 浅草寺のおみくじの凶を引き直した話で小声がぷっつり切れる

六十七頁四首目。六十六頁の散文タイトルは「〔エルテル〕」で、古賀春江が詩人たちと会っていた新宿のカフェの名前らしい。作者は、「ヴェルテル」という、似た名前の、新宿駅近くのカフェを「四半世紀」、「書斎のようにして」、本を読み、手紙を書いた、とある（どちらの名前も、ゲーテの小説の主人公、Werther の音写にちがいない）。こういう環境が説明されているのだから、本歌は、おそらく、その「ヴェルテル」店内で聞こえてきた会話である。

「おみくじ」というものは、凶が出ても引き直してはいけないものである。現時点では、その「凶」が自分の状況だと甘受するしかない、というか、じつはその吉凶に意味はないと言われる。重要なのは、おみくじの最初にある和歌、そして、その説明の部分である。それが、現状と近い未来のことを述べている。そこを味読すべきものである。当たり外れのくじ引きのような扱いをしては神仏のメッセージに失礼である。

というようなことを作者が考えたかどうか、自信はないが、作者が、「引き直した」神籤をおもしろく思うはずがない。馬鹿な奴らだ、ぐらいの念を、その客たちに（飛ばそうと思わなくても）飛ばした可能性は強いと思う。作者は書斎としてこの純喫茶を使っていた常連だから、小声でもうるさいと思っていたかもしれない。小声のほうが、かえって気になるものだ。その客たちも、何か気配を感じて黙ったのだろう。作者が、自分の念の力で「小声がぷっつり切れ」たと思ったかどうか。おもしろいところだが、あり得ることだと思う。

## 気のふれた時のあとから気違いの真似だと言って塗り潰してる

八十七頁一首目。散文タイトルは「〈変人狂人〉」。「おとなになってから、車道と歩道の仕切りブロックを両手でバランスをとりながら歩く者は変人だし、側溝のなかを一心不乱に歩く者は気違い扱いされることになろう。」

公園の滑り台に登ったのではないかと疑われる歌については前述したが、この散文も同じ構図である。

作者には、堅い職業の人がコスプレをしたり、衝動買いをしてストレスを発散させるのに近いところがあったのではないだろうか。膨大な本（しかも、専門書レヴェル）を読む博学な読書家で、しかし、職業としては、そのような知識の、（たぶん）要らないことをやっていたアンバランスさも、負担になっていたのかもしれない。「側溝」は無理だろうが、「仕切りブロック」ならば、深夜なら、作者も歩きかねないだろう。稚気愛すべしである。

作者の出した歌集でも、一読して意味の取れる、わかりやすい歌は少ないから、まあ、狂気の歌集と言えば言えないこともない。作者は狂気を肯定的に、天才の資質と考えている。「百人に一人は単なる例外。せめて百万人に一人の狂気でなければ……それが才能と結びつくのも低確率」と、本歌の散文頁に書いている。

本歌から、『徒然草』八十五段の「狂人の真似とて大路を走らば、即ち狂人なり」が浮かび上がるのを作者は諒解済みだろう。

作者は、常に紳士的、常識的で、奇矯なことをするのを一度も見たことはないが、歌は奇矯なものが多い。その蔭に、奇矯な行動を取る作者がいたのではないか、と考えるのはおもしろいが、滑り台も仕切りブロックも、すべて想像の産物かもしれない。そのほうが、私の知る佐藤信弘には合っている。

ただし、静かな川は深い、の喩えどおり、穏やかで、静かな作者の内面に、深夜、天才の狂気が暴れることもあったのではないか、という感じは消えることがない。

# 天井も壁も襖もやにいろに染まった部屋から電話してます

九十九頁四首目。散文タイトルは「〈ひたすらに〉」で、「今の私が取り上げられては困るものの筆頭は紙巻き煙草で、次いで筆記具と紙、そして活字印刷物という順になる。その二番目のものだが……とにかく文字を書き付けていこうとする習性はどこから生まれたのだろうか」と続く。古賀春江も（彼は絵筆だが）そういうところがあったらしいことが、このあとの部分からうかがえる。「まことに機械的に、霊的なものや後天的な習性とも離れたところで、ひたすら鼻先を行き来するものの匂いに従っていたのであろう。」

作者も同じ精神状態であったのは確実である。若い頃、作者が毎月のように、掲載されるされないにかかわらず、文章を加藤克巳に送っていた、と晩年の克巳から聞いた。溢れ出すような才知は常に出口を求めていたのだろう。

作者に『短歌瑜伽行への基礎階梯』という小冊子がある（私家版、昭和五十七年）。「憑かれたように、夜中の時間をひろいあげながら、一章また一章と書きとめている」、「数年前から刻みこむように書き綴っていた手控え帳が、机に積むと丁度一尺になりました。殆んどが自分にむけての問いかけと罵倒の言葉の連なりです」などとあって、じつに空恐ろしい作品である。五十九頁と薄いものであるが、難解極まりなく、何度も読んでは、途中で跳ね返されてきた。西洋哲学、東洋哲学、神秘主義思想、密教（事相と教相の両方）、仏教、現代短歌の深い知識がないと、とても読みこなせるものではない。

本歌は、自宅の書斎を詠ったものだろう。煙草で茶色になった「部屋」。ヘヴィースモーカーだったことが如実にわかる。紫煙の中で思索し、晦渋な文を「憑かれたように」執筆していた作者が、正気に戻って「電話」をしているというのが微笑ましい。染まった「やに」は作者の思考の軌跡でもあるだろう。

## 耳のなかの蝸牛の殻も二万回は午砲の音を聴いたというぞ

百三頁四首目。散文は「〈祥月命日〉」。最終頁の一つ前である。「偶然、今日は九月十日。日付など記号のようなもので、鎮守様の大吉のおみくじほどの意味もないが……Kの祥月命日……Kの享年は三十八歳、私はこの彼岸で五十になる」とある。

散文中に「煙火」という古賀の作品と、そこに描かれる昼の花火が出てくる。本歌の「午砲」と昼の花火は響き合うので、軽やかな連想によって詠われた歌だろうか、とも考えられる。本歌集名は『昼煙火』であった。この「章」とも響き合っている。響き合わせているのだろう。

おもしろいのは、解剖学的に、蝸牛のリンパ液が波動を伝達させたと分解して、どん、という音を表現していることである。午砲というのは、東京では、一八七一〜一九二九年まで行なわれたという（『明鏡国語辞典』）。すると、元旦にも鳴らしたのかどうか知らないが、三六五日×四八年＝一七五二〇回となる。あるいは、作者が当時、五十歳なので、五〇年をかけると、一八二五〇回である。どちらも、微妙に二万回に届かない。文字どおりの午砲ではなく、花火の音の隠喩かもしれないが、それであると、二万回の花火は多すぎて、修辞学で言う誇張法であるとしても、あり得ないだろう。

## ゆで卵を膝頭で剝く　殻を潰す　微塵にはならず霧がかぶさる

最終章「〔さようなら〕」四首目である。散文には、「幕が下りたら、みんなおしまいだ……いったん下りた幕が二度、三度と上がるが、舞台にはもう役者の姿はなく、かれが再び今夜の観客の前にあらわれることはない。／私はこうしたカーテンコールに執着している」とある。作者らしい、淡泊な、しつこくない人生哲学である。いわゆる、クラシックな意味の「君子」なのだ。

歌五首も、特にフィナーレを感じさせるものではない。散文の最後は、「さようなら、K。／さようなら、私。／おしまい。」という具合に、君子たる作者の美学を貫いた形で終わっている。歌を散文のトーンと合わせないのも美学で、そういうシュールレアリスム的な発想は作者の得意とするところである。

本歌の「微塵」は仏教語で、サンスクリット(paramāṇu-) rajas の漢訳語である。「いわゆる原子と同じものといえる」そうだが（『岩波仏教辞典』）、それは作者も諒解していたはずで、ここは、あえて、日常語として使用したのだろう。意識の上で、日常語でなかったとすれば、作者は意図的に、仏教語のオーラを漂わせたことになる。「微塵」とほぼ同じ意味の「極微」という語があり、「極微論」というインド哲学の考えがあることも織り込み済みだろう。すると、「微塵になる」という表現が、死んで、五大要素（地・水・火・風・空）がばらばらになる、というようなインド的な雰囲気を持つのだが、本歌では、微塵にならないのだから、死なない。

さらにおもしろいのは、字が似ているせいで、「殻を潰す」が、どうしても「轂潰《ごくつぶ》し」に重なってしまうことである。歌でも散文でも、あまりに謙遜しすぎて、自虐的なところも顔を出す作者だが、いくら何でも、妻子がきちんとあって、人一倍責任を果たしているのに、自分を轂潰しと思っていたはずがない。しかし、字面は似てしまっている。

意識した漢字の配置なのかどうか、難しいところだが、二句「膝頭で剝く」の動作がイレギュラーであることから判断して、「膝頭で割り　殻を剝く」と、普通の表現にしなかったところに作者の複雑な意図を感じることができるのではないかと思う。

# 既刊5歌集秀歌抄100首

第二歌集『海胆と星雲』函

## 第一歌集『具体』

落ちて来た球体がぶつかる線のたわみあともどりしない　何度も落ちて来る

きっちりと折りこまれて来た空間のすみから落ちた球体の縞

上下から押し出して来る環に埋りここはすっかり窮屈である

柔らかな広がりの中にみえかくれ突然底にねじりこむ太線

吊りさげられ吊りあげられる形象たちに　沈み　を始める箱型の天

等間隔縞目が天を流れ動き尖った破片一面に植えられ

はきだした自分の糸にからめられ球体が落ちる　やわらかなひろがりに

半分だけ溶けた形象《かたち》を天に押す　そう同じ事をくりかえす

欲望が卵形をして土に坐る　その大きさは岬からも見える

透明な渦巻が見えた　垂直に愚鈍な棒が突き立っていた
一筆がき針金細工の象を通しはりつけられた空の文字読む
紙袋いっぱいに吹きこんだ空間を忘れて来たが　変である
戦争の予言のたびに面の継ぎ目を転がって通る硬い球体
剝がすたび重さのふえる八角の柱とともに青年が通過
一斉に微粒子空間輝くとき遠くから来たあしたがみえる
円筒落ち球体堕ち円錘さされば　君だけの柔かな空間である
たれさがる空のひだからほそながいひもをひきだし星形をさかさにつける
ぼやけてゆけ　海はじまる場所で円錘の形象《かたち》となって立ちなおるために
さかさまにたれるしずくが幕になって動くことがない球体をかくす
硬《かた》まった形象《かたち》はいつも影を持たずその表面は無数の点孔

## 第二歌集『海胆と星雲』

返さねばならない太鼓を墓地に来て打ちならして聞く明日は天気か

父のためとは言わぬ　母のためとも　その子　鬼のために今は石を積む

げんじゅうにつつんだがらすのはいざらをいちじあずけにのこしてかえる

からっぽの空のすみっこ子象たち頭のへこみで雲作りする

はえあがる山は空との境界で軟かになり円やかに滑る

切株に坐っている卵にあいたくない　投網が空を引きずっておりる

柔軟なかたちが実る一鉢をいやらしい桜と一緒に葬る

固い夢をまっすぐ立ててつかんでいるあなたはゆっくり考えているのか

あなたには出会いたくない季節がある　矩形の城に球体を置く

立つことが争《あらが》いになるなら寝ていようと嘘を秋まで持ちこしたあなただ
たてかけたあなたの横を虎が歩き机の上の角砂糖がくずれる
おりの中の巨大な花弁ゆらめいて通り過ぎるあなたに気付いている気配
あなたよりもあなたらしいあなたがひっそりと作って終ったわたくしの教会
あなたたちは何を視てから笑い出したか　弱い国のなんと浅い空であるか
のしかかる大きな円の上にある輝くものをあなたたちは云う
一度だけの盗人旅で死んだ海胆に童貞の犬のくぐまりて吠える
星雲図　それだけで邪悪　舞いくるめきて黄の岬左の入江
待合室の窓いっせいに開きはなたれ　風うなりながら追いたてられ
光こそ不潔　都市とともには溶けぬもの　ひっそりと泡をなすひかり
精子であった記憶はあるが卵子であったこと肯えず天に黒斑

## 第三歌集『制多迦童子の収穫』

期限切れの職歴だけを売りに来た父の種族の唇の突起

その前の位置をたずねてかたちはねる　あなたとは何時もかけちがっています

しゅろの樹のみきの芯部の朱のうみで僧らのおよぐはだかのかたち

つきぬけた心のさきが重くなりひびわれたゆうやけすみからむける

対岸まで月夜続きと予報あり　信号員と少女　ふれんぞくなふしあわせ

大人とは泣かないことだ　みえる風があたりまえの石にからまってゆく

ひかる海のひかる岬のひかりの寺　半鐘が鳴り儀式がを《ママ》わる

少年の後頭部の痛み桔梗斑初盆の伽藍に火を放て　こころ

私の要不要問えば午後の都市図いちめんに軟かな棘かがやかす

摑んだものを離さないようにして崖を滑り転生のことをくちばしりたり
かやつりぐさの実をしごく日に私とむこうの私とすれちがいたり
いきもののわれのかたちに言葉たちつらなりて飛びいろづきて帰れ
左道密教の片言を話す女と髪の不思議ないろが雑沓に溶ける
まずはじめに　からだの中で孵ったもの　呼び続けていても出てこないもの
たまたまにここにあるものを鷲づかみで把んでいる手は近くにある片手
契約に続くいこいを拒むことで　遠火事をひとの背中にみている
母なしの少年の梨の堅い果皮《かわ》の斑点にひとは移り住みそろ
スフィンクスと向きあった少年の砂色の羞恥の音が聴える
鎮めては淋しくなれるもののけを額におさめ吾の不動立つ
金翅鳥《かるら》肩に腕組みてにらむ制多迦のまゆのあたりにわれは住みたし

## 第四歌集『こけらぶきのけしき』

永遠に出会えたときに腰にさげる青くよじれた皮紐が欲しい

ゆめのまたその夢のなかの父殺しをうつつながらも見据えて居りぬ

棺の中は横向きに臥て焚かれたし見えないものを見飽きたるごと

荒々しく生きることなし縮まりて棲むこともなしありのままでと言いしが

とんぼのむれ母のくにまで行きつけるしるしのごとき坂の夕映え

さびしさは口にだしていう程度にてと耳たぶを自分でつまみながら

うすれだしたアイデンティティでも神呪が沸く「私は今は狂いたくない」

生きながら死ぬのも少しは楽しみと崩れかけている　浴槽の前で

まぶた押せば決まった場所の水音がきこえてきちゃう不惑からあと

手足ねむり胸乳から上が覚めていてここでぱっさり裏がえされて

償うものも奪うものもなき時に到り窓いちめんの氷を削る

らちもなきことなれど風に鳴る根雪の谷で味噌焼きの握り飯食みたし

丙子の男四十九才行き倒れなおいくつかの甘えを残す

撫で肩にやっと馴染んだショルダーを癖でゆすりあげ苔の谷を行く

おおかたは傷つけねばすまぬ生きざまを貫かんとするはなりふりのほかにて

甘えることも甘えられることもいらずまた狂うこともなしと言ってみもする

飛ぶ夢は指の根にしばし熱を残しおとなしくない男に変える

わがことなれば位相いっときも定まらず耳孔の汗を拭き居り

私のうたいたかった歌きのうの・・・と書きあしたのと直す　乱雑な机にて

はかなさを口にしてから強くなって花笠踊りの先頭でおどるか

## 第五歌集『昼煙火〔古賀春江の景〕』

微苦笑というにはあらず苦笑だけの横顔が鏡を覗き込んでいた

公園の石の机の下の砂に埋もれているのが先祖だと言うか

墓土に似合いの色とやわらかさでないかも知れぬが知らぬふりする

いまの世のこのいまだけの鎮魂を認めてやると鍍金像うごく

偏平な足裏を見せて笑い出す男と飲んでる十三夜です

さびしさがなさけなさに変わるひぐれがたにまるい背なかの人を追い越す

音を消した区画をいくつも陸に残しこの海神は社から留守

ビー玉とおはじきを入れた小袋をふところに入れ逃げ支度する

鳥籠から女を消してそのあとで自分がゆっくり鳥籠に入る

くりかえし見えてくるのは枝にのる赤い蛙の目を瞑るさま
死んでいく速度が左右違い過ぎて最後までちぐはぐに生きたことになる
劣性の意志にむいての退行と言わずもがなのこと言われおり
記号でも象徴でもないかたちたちが散ってはかたまる音を聴いている
齢の数の何倍かの死人を見送ったが今夜は髪を抑えて見守る
一般名詞の人間からはここで離れ他人の町を茶の靴で蹴る
鶏卵素麵を食べ残した皿を横に寄せて歴史地図帳を覗く
いろんな母いろんな妹に愛された両性具有の菩薩寝姿
ぐんぐんと雲量が増し唸るそらを仰ぎ見などせずにきみはねむれ
山頂で両手をいっぱいにひろげながら抱えようとする抱えられようとする
嘆き節を掛け軸のなかに巻き込んで風呂敷で包み一年が過ぎる

# 佐藤信弘略年譜

「熾の会」編

昭和11年（1936）

9月23日、東京都豊島区千川《せんかわ》に、父・信保《のぶやす》、母・淑子《としこ》の長男として生まれる。のち、弟二人、妹二人、継母に弟一人が生まれる。父・信保は東京帝国大学哲学科を首席で卒業後、府立第五中学校（のち、都立小石川高校）に勤務。以後、全国各地に赴任、学校長などを務める。

昭和20年（1945）　9歳

一家は、兵庫県武庫郡住吉村兼松1013の借家に住まい、六甲山の中腹にあった国民学校に通う。アメリカ軍の空襲で焼け出される。

昭和24年（1949）　13歳

父・信保が山形県大江町左沢《あてらざわ》の、江戸中期より続く生家・真言宗松保山善明院に帰住したのにともない、家族とともに転居する。母・淑子は2年後、肺結核で死去。母への愛慕の念が強く残る。のち、継母と暮らす。信弘は幼い頃に得度していなかったため、生家の寺院は、継母の生んだ四男・修が継ぎ、現在に至る。

昭和27年（1952）　16歳

町立寒河江《さがえ》中学校を卒業し、山形県立寒河江高校に入学。演劇部で活躍する。中学二年生の時に、父・信保の友人であった俳人の結城哀草果に、自作の短歌を見てもらう。高校在学中、渡辺尚子《ひさこ》と知り合い、のちに結婚する。

昭和30年（1955）　19歳

寒河江高校を卒業し、大学受験のため、上京する。一年間の東京での浪人生活後、学習院大学経済学部に入学。

昭和34年（1959）　23歳
学習院大学在学中に、加藤克巳の主宰する「近代」（近代短歌会）に入会する。

昭和35年（1960）　24歳
学習院大学を卒業後、株式会社伊勢丹百貨店に入社する。以後、定年となる平成8年（1996）まで、主に、人事課、広報課に勤務する。

昭和36年（1961）　25歳
渡辺尚子と結婚する。尚子は昭和14年12月生まれ。尚子との間に、長男・信彦、長女・昌子、次女・祥子がある。

昭和38年（1963）　27歳
4月、加藤克巳が「近代」を終刊し、新たに「個性」を創刊する。

昭和43年（1968）　32歳
1月、第一歌集『具体』（短歌新聞社）を刊行する。

昭和48年（1973）　37歳
1月、第二歌集『海胆と星雲』（短歌新聞社）を刊行する。

昭和49年（1974）　38歳
10月、第三歌集『制多迦童子の収穫』（青和工房出版部）を刊行する。

昭和51年（1976）　40歳
9月、『加藤克巳の世界』（潮汐社）を刊行する。加藤克巳の短歌「夕いたり石は抒情すほのかにもくれない帯びて池の辺にある」を生涯の一首として、敬愛する。

昭和63年（1988）　52歳
1月、第四歌集『こけらぶきのけしき（柿葺の景色）』（風心社）を刊行する。

平成元年（1989）　53歳
2月、作歌ノート『室生寺』（短歌121首収録〔菜奈茂舎〕）をまとめる。

平成3年（1991）　55歳
1月、私家版冊子『テクストとしての短歌』（「場面としての短歌」「間隙を埋めて行く試み」「考え方の枠組みについて」「「写生」についてのノート」の4篇の評論を収録）、5月、31ページの小冊子歌文集『「さくら」というモチーフについて』（エッセイと短歌80首収録）をまとめる。

平成4年（1992）　56歳
2月、私家版『歌集・ゲルニカ』（短歌200首、制作覚書収録〔菜奈茂舎〕）をまとめる。

平成5年（1993）　57歳
1月、沖ななもと二人誌「詞法」を始める。同月、選歌集『鼬の天』（風心社）、6月、第五歌集『昼煙火――（古賀春江の景）』（短歌新聞社）を刊行する。『昼煙火』は、超現実派の画家・古賀春江の画に刺激された歌文集で、「煙火」という題の画が古賀にある。

平成8年（1996）　60歳
株式会社伊勢丹百貨店を定年退職後、池袋にある「労働基準局」に勤め始める。

平成10年（1998）　62歳
脳梗塞で倒れ、闘病生活に入る。

平成16年（2004）　68歳
「個性」終刊。4月、「詞法」を改名した、沖ななも創刊の「熾」に所属し、歌稿の投稿を続け、現在に至る。
「熾」創刊号より、中村幸一が「佐藤信弘一首鑑賞」の連載を始める。

平成22年（2010）　74歳
5月、加藤克巳死去（94歳）。

平成25年（2013）　77歳
4月、「熾」結成10周年を迎える。5月、中村幸一が「鑑賞」の残っていた二つの歌集、『こけらぶきのけしき』と『昼煙火〔古賀春江の景〕』の短歌について書き下ろす。

# 収録歌一覧

## 第一歌集『具体』11首

芯が吐いた糸たちくるくるまとわりつきてっぺんに至る筒を列《なら》べる

このあたり重み均等にうすくなり平つたい風動きあり

線分長短いっしょにならんで時を送る　それぞれはもう成長しない

線たどる線分岐してまたねじれ浅い天を掘るねじりのかまえ

串ざしだ　第一の球かがやき　第二の球かがやき　かがやかぬ球体多し

赦すのか　曲がってしまった幾百の線を　たるんでしまった幾千の線を　か

点々でびっしり埋った旗たてて線路爆破は高原でしよう

コーラ瓶の破片を植えた塀が続き円数個空を駆けている

補助線が棘のようにささる円を抱いて青年がねむる柔かな都市

折れ口が結晶を産む季節には少年がつくる帯状の思想
点描の丘に井桁を高く組む　つばさよ　このいまだけのつばさよ

## 第二歌集『海胆と星雲』10首

吠えよ這えよ十月の女行くところ天は緋色でなければならぬ
都市湿潤だんだら縞のまりはねて活きかえり来る地獄のあたま
火の円柱膨らんで進むあしたから親河豚が不意に顔をのぞかせ
湾から来る重い気流になぶられて折紙の飛行機はあいつにとまる
よそもののはかいしなげこむうすいろのうみにわたしはいのることあり
うすぐらい納屋の四隅に火をつけて中央で焚くすべっこいわたくし
綿飴で頰を打ちたい女のこと　繁殖期は鼻風邪のように長い
だれもかれもあなたの粘性がいやになり　にせものの天に円筒いつまでも立つ

少年と一群の蝶風呂に行けり干鰈と白い月鈍い木魂も
まがったらなんにもなくなる曲り角をモンシロもキチョウもまがっていった

## 第三歌集『制多迦童子の収穫』53首

陽のなかはたぎりしたたりなまなまし　轟々とわれの吸気もはしる
佯りの狂い声に馴れ繰返し朱の壁にむき風の名を誦す
裸足僧侶　枯葉と風におくれずにいくたりかすぎて　鏡売り立つ
わがあばら内からたたく蛾を住ませ知らない人とよその国行く
薄墨のうねうね雲のずれさがるくにざかいの谷の葱坊主の縞
あなたまで漂白した言葉を持ち歩き鰯雲の下で男への弔辞
水中の若者の死か花柘榴　花弁に硬い花火があがる
もらい火で燃える鶏舎へ蝶ら動く　石膏偽卵は売れずになりぬ

永遠を集合させて飾りたてた床屋からのみちのりがわめくほど長い
武器店舗うらがえし手袋で陽をつかみまっ正面から見据えるは誰れ
天を擦りなかぞらを蹴る緋の丸太借りて来た午後に種雄山羊ねむれ
手のとどく位置にあるはずの河にむかい星祭りの黒いポスターをなげる
標本箱からぬけ出した昆虫の背の針と岩木山を結ぶ大きな虹だ
竜巻の予報を持って谷の村へ横縞のシャツが崖からおりる
売れ残りの桃を橋からすてている花火の夜ふけの風邪引き男
めくれたまま持ちあがって燃える焔からわずかの位置で凍結の音する
粥炊けば弓なりの道あらわれて　笑うと一度に涙が出て来る
てのひらのくぼみも月につかまってわかりきった路地を明日へ歩むか
わたくしが崩れる時の月の彩を思いついてくれるやさしさを拒む
ぶどう坐り牛乳が流れる坂を登りでっくわした月と瓦のしめり
靴底にひりついた小さな月をはがし手渡して美しく抛れと頼む
さびしさの限りあることに慣れた奴が何枚か書いた極彩の絵葉書

ねむられぬ夜に耐えてなお霧は退かずぽかっと割れる月面儀あり

ことばたちくだけちるあとに欅《けやき》ひとり冬空と夢に溶けじとあらがう

欅ねむれ　樹の芯の朱にいまとまる痛みの白いひかりのゆらぎ

われよりも泣虫の子と冬の海へ横切る星野のはてのはためき

やわらかな梯子をかけて星に向う素足の母に蹴られてはならじ

隙間から入りこんで来る蟻のむれにたくさんの鍵をのりこえさせる

まがってもなんにも変らぬ道を通り楯にのって来た金色の破片《かけら》

黒い刷毛で愛撫をうける頬の横を帆走して消える異人のむれよ

ぬけがらのことばをつらね石をくぐり　天草四郎の朝になっている

風呂敷に白い茸を詰めこんで地下街の花屋の硝子をたたく

ある日　死ぬ剝製屋の看板を盗み　珈琲店の扉を修理する　ある日

ふさのついた黒い衣裳で旗を作りめだまたちのむれとならんで歩け

あなたなど知らない街区に迷いこみ模型機関車の汽笛をならす

開きすぎた薔薇と一緒にみちに並ぶ欠け耳人形の売値を問いぬ

闇に落ちてくだけた柘榴で耳を冷やしあちらの空に渡り始める
倒れたもの見おろす位置に舌はしだれ　おまえの発生は桑実胚どまり
素足にて髪すりつぶせ呪詛幟《じゅそのぼり》　ふぐ提灯もつけてみました
美しく何処で逃げるかを考えてふつふつと穴があく空を見あげている男
洋皿が私を囲んで円く並び　怒声は紫陽花のうしろから来るか
ひらいたまま死にたくはない瞼《まぶた》さすり降りて来た山に雲沸くを見る
変声期の少年の匂いは紙火薬　シンバルを皿に黄の花を盛る
鱒の肉のほぐれ背中の痛み黒く　少年を窓から去らせてしまう
かたつむりが這いぬけた痕の白いひかり瑟瑟《しつしつ》座の人の膝にむかえり
忿怒直髪　銀河を口に含む人の美しい様子を倒れつつ仰ぐ
頬に寄る蝶と日影は柔らかし　羂索で縛られし故に平和なること
言葉燃す狂気の芸を示すとき昔不動が笑ったと信ず
忿怒《いかり》あれ世を超えて刺すいかりあれ　山蟻ら不動の膝を這いゆく
明王の牙硬質に鳴りだすを感じつつあれど吾はふりむかず

赦しあいという言葉より暗きものを童子は知らず　古代都市を歩む

連れ戻され晨に変る焰《ひ》の色を群衆《むれ》から遠く片眼におさめて

化粧した大日よりも火焰《ひ》を背負う教令輪身《きょうれいりんじん》と青き街を行かむ

## 第四歌集『こけらぶきのけしき』11首

遊行期到来の意識も踏切りの遮断機が上がればこなごなになるか

樹霊ありて根のはねだしに佇ちいしがひるさがりの子守歌で薄れる

愛染めの明王の赤い肩と弓に支えられ　ちいっちいっと声が出てもひとり

秘事のごとお前の母の命日と告げ来る父よ再婚後三十余年の父よ

人事屋の孤独を手代の才覚で押し返し高層街区を猫背で通る

すべり台の上はおとなには狭すぎるのだが世界が見たくなった夜にはのぼる

高層ビルのてっぺんでいささか酔いましてもらったネクタイなんかに取り替えている

あきらめを断念などと呼び変えて川面らの月をじっと見ていた
祈ることも訴えることも身勝手と心得候わば会釈にて御免被下たく候
貝葉経の展示ケースに腕をつく十年というは立ちくらみに似て
骨壺の大小などを考える　分量の差などたかがしれていて

**第五歌集『昼煙火』　8首**

たましいのかたちはみんなこんなものとそれぞれの高さで葱坊主立つ
ラシャ紙を扱うようにして今を折りちいさな渦巻きの蠢きを見る
魂が死んで地獄も終わりになり満艦飾の灯火が点いた
浅草寺のおみくじの凶を引き直した話で小声がぷっつり切れる
気のふれた時のあとから気違いの真似だと言って塗り潰してる
天井も壁も襖もやにいろに染まった部屋から電話してます

耳のなかの蝸牛の殻も二万回は午砲の音を聴いたというぞ

ゆで卵を膝頭で剝く　殻を潰す　微塵にはならず霧がかぶさる

# 後記

「熾の会」の発足十周年ということで、沖ななも代表から、佐藤信弘氏の歌の「鑑賞」をまとめてはどうかという話があり、まとめてみたのが本書である。母体となった部分は、「佐藤信弘一首鑑賞」として、数年にわたり、「熾」に掲載させていただいたものだが、この「鑑賞」を始めたのも、沖代表からの慫慂であった。しかしながら、いろいろな意味で超難解な佐藤さんの歌を、そう簡単に「鑑賞」できるはずがなく、残念ながら、本書で私が行ったのは、佐藤さんの歌をきっかけとして、好きかってなことを書いた放談に近いものである。原稿を読んでくださった北冬舎の柳下和久さんが「評唱」と名付けてくださったのも、そういう経緯だろう。いつの日か、直感力、洞察力、知力に優れた方が、佐藤信弘という稀有な歌人と四つに組んだ「鑑賞」を書いてくださることを切に願っている。

最後になったが、お世話になった佐藤信弘さんの令夫人尚子さん、「熾」における執筆の機会、および本書をまとめる力を与えてくださった沖ななも代表、そして「熾」の会員の方々、先の歌集の折りと同じく素敵に装丁してくださった大原信泉さん、校正の尾澤孝さん、構成や佐藤さんの略歴のまとめに多大なご尽力をいただいた北冬舎の柳下和久さん、みなさま方に深謝申し上げたい。

二〇一三年七月六日

中村幸一

本書は、「熾」２００４年４月創刊号より２０１１年２月号（途中休載あり）まで連載されたもの（削除回あり）に、新たに書き下ろしを加えたものです。

熾叢書No.61

著者略歴

中村幸一《なかむらこういち》

昭和38年（1963）、東京生まれ。平成2年（1990）、「個性」に入会、加藤克巳に師事。同16年（2004）、「個性」解散にともない、「熾」に入会。著書に、歌集『円舞曲』（1998、砂子屋書房）、長篇詩歌作品『出日本記』（［ポエジー21］、2000年、北冬舎）、歌集『しあわせな歌』（06年、同）がある。

住所＝〒143-0025東京都大田区南馬込2-22-16-404

佐藤信弘秀歌評唱《さとうのぶひろしゆうかひようしよう》

2013年 8 月20日　初版印刷
2013年 8 月30日　初版発行

著者
中村幸一

発行人
柳下和久

発行所
北冬舎
〒101-0062東京都千代田区神田駿河台1-5-6-408
電話・FAX　03-3292-0350
振替口座　00130-7-74750
http://hokutousya.jimdo.com/

印刷・製本　株式会社シナノ


ISBN978-4-903792-43-9 C0095